Maurice Leblanc

ARSÈNE LUPIN

亞森 GENTLEMAN

羅蘋 怪盜紳士 CAMBRIOLEUR

莫里斯・盧布朗 著
Maurice Leblanc
蘇瑩文 譯

好讀出版

代序

作一場羅蘋大夢

民國五十四年，當東方出版社推出一系列黃皮繪圖封面的「亞森・羅蘋系列」時，羅蘋這一號人物，突然像平地一聲雷，轟翻了所有兒童讀者的心思，雖然在那之前，義賊如台灣民間人物廖添丁、英國傳說人物羅賓漢等並不少見，但揉合偵探、盜賊、冒險家、詐欺犯、變裝高手於一身的羅蘋，以帥氣瀟灑的姿態翩翩降臨當時民風純樸的孩童心上，他帶來的神祕氣息與出奇智慧，

以及讓人忍不住嘴角揚起的狡獪幽默，還有詭譎離奇的冒險遭遇，時而輕盈、時而緊繃、時而驚心動魄、時而出人意表，在平淡無奇的童年生活裡，像是背著光圈，讓人心生嚮往之情，彷彿可以藉著那些活潑懸疑的故事，稍稍接觸從未想像過的世界、那樣衣香鬢影的巴黎上流社會，要說那時的小孩們，是以亞森．羅蘋的故事開始認識法國這個國家的，恐怕也不為過。

彼時東方出版社並未出齊所有羅蘋的故事，更久之後，當年的孩子們才會知道自己那時迷戀的怪盜紳士羅蘋故事，並不是法文原版翻譯，而是譯自日本Poplar社出版，由作家南洋一郎翻譯改寫而成的童書版，其中甚至有南洋一郎自編或其他法國作者寫的羅蘋故事，故事自然是精采萬分，但你嘗過了味道，怎能不渴求原汁原味的成人一品？

創造出羅蘋這個讓人愛之迷之角色的生父乃是法國作家莫里斯．盧布朗，盧布朗原來寫的並非摻雜冒險色彩的娛樂小說，而是以法國大作家福樓拜或莫泊桑為標竿，以純文學為個人寫作重心，那時正值十九世紀末、二十世紀初，

亞森・羅蘋

英國作家柯南・道爾筆下的名偵探福爾摩斯探案，席捲了整個歐洲，但盧布朗沒把這類娛樂普羅大眾的小說看在眼裡，直到一九〇五年，皮耶・拉菲特創辦了一份名為《我全知道》的雜誌，為了吸引讀者，拉菲特情商好友盧布朗寫了一則短篇推理小說〈亞森・羅蘋就捕〉，有人認為這個角色影射的是當時正接受審判的法國神偷亞歷山大・約伯（或名馬利厄斯・約伯），據稱馬利厄斯的幽默感與劫富濟貧的義行，就是羅蘋的原型。

那時心不甘情不願的盧布朗為了斬草除根，還故意安排羅蘋在故事結尾被捕，沒想到二十世紀初期貧富懸殊，困頓的老百姓對於攪亂上流社會又愚弄法國警方的羅蘋大有好感，這則短篇故事的成功，讓嘗試純文學創作卻無法出人頭地的盧布朗慢慢接受了現實，開始認真經營羅蘋系列，雖然在晚年，他也曾喟嘆自己只是羅蘋的影子，被這個風流瀟灑的怪盜拉著跑，但在他的創作生涯中，羅蘋終究成為不容忽視的要角，盧布朗的名字注定要跟羅蘋連在一起。

盧布朗雖然創造出這麼多離奇的故事，但不知是不服氣抑或想藉羅蘋損

一下在羅蘋誕生前已經大獲人心、成為英國偵探代表人物的福爾摩斯，在第一個單行本最後一篇故事〈遲來的福爾摩斯〉裡，盧布朗創造了一位叫做福洛克．夏爾摩斯（Herlock Sholmès）的英國名偵探，據說盧布朗原來寫的是夏洛克．福爾摩斯，卻遭致柯南．道爾嚴正抗議，因為盧布朗把這個福洛克寫成一個一板一眼的英國佬，不但在開場時就被魔高一丈的羅蘋給比了下去，後來在《怪盜與名偵探》這本書裡，又頻頻吃癟，這讓福爾摩斯的作者與書迷情何以堪？即使到今天，仍有許多人一而再再而三地要跳出來幫大偵探福爾摩斯澄清這回事，事實上，兩人既是虛構人物，又各自有不同作者，也就毫無同台較勁、公平競爭的可能，今天不管是柯南．道爾或莫里斯．盧布朗執筆，必有一方佔上風，讀者無需為此大動干戈，或許那正是盧布朗當初創造怪盜與名偵探對壘的原始動機，挑戰或消費既有品牌與名人，本來就是新品牌和新人造勢的手法，你越是氣憤、不悅，越是花篇幅釐清事實，反而幫後起之秀羅蘋做了宣傳。

雖然羅蘋早已過了百歲誕辰，但在法國，羅蘋受到的重視其實遠不及在貝克街執業的福爾摩斯，後人向經典致敬的著作也未如福爾摩斯眾多，難道羅蘋只是孩童等級的娛樂小說嗎？但我們看著羅蘋用聲東擊西、以假亂真的手法回敬吝嗇的鉅富，道德不及格、正義感卻滿點的行為，還有諸多讓人看了捧腹大笑的《法國迴聲報》報導，彷彿你童年時那個充滿朦朧魅力的神祕閱讀經驗又回來了，翻開書頁，從來沒老過的羅蘋就在這裡，就像那些急著想跟羅蘋致敬的角色：日本漫畫家Monkey Punch創造的漫畫人物，據稱是羅蘋孫子的魯邦三世（「魯邦」的確比「羅蘋」更接近法文讀音）、日本推理小說名家江戶川亂步筆下變幻莫測的怪人二十面相，和武俠小說家古龍筆下風流倜儻、以盜竊為生的盜帥楚留香，甚至是卡通《名偵探柯南》裡出現的怪盜基德（柯南對決怪盜基德，嗅到較勁的味道了嗎？）或那些留著小鬍子、在片中努力模仿羅蘋的電影明星。他們都是變身的羅蘋，卻也都不是羅蘋。

唯有老老實實重來一遍，再讀許多遍那些看似陌生、骨子裡卻熟悉的敘

述，亞森・羅蘋才不會只是過氣的小說人物，打從他六歲偷了第一條項鍊開始，就注定要走上一條與人不同、又艱辛又瑰麗的路程，你打開書，也注定要墜入一場與眾不同、繁花似錦的閱讀大夢。

好讀出版總編輯　鄧茵茵

contents 目錄

編按：本書在編纂過程中，注音符號均依照《教育部國語辭典》所示的音讀行之，故與一般口語表達的念法不盡相同。

chapter 1

亞森．羅蘋就捕

真是奇特的旅程哪！這段旅途的確有個美好的序幕，我從來沒遇過這麼吉利的好兆頭。我搭乘「普羅旺斯號」橫渡大西洋，這艘快速客輪十分舒適，船員也很親切。乘客都是上流社會的菁英，這些人互動頻繁，在船上享受著各項不同的娛樂。大家都有一種美好的感覺，我們彷彿與世隔絕，同處在一座不知名的小島上，因而彼此格外親近。

我們的關係越來越緊密……

一群原本彼此毫不認識的陌生人，在無際的藍天碧海間親近地相處了好幾天，共同面對多變的大海、翻騰的波濤，以及看似沉靜卻狡猾無比的靜水。有誰會想到不速之客就藏身在這群人當中呢？

這段短暫旅程彷彿是生命濃縮的精髓，有著高低起伏，偶爾平淡，也有出奇的時刻，打從一開始，乘客就知道終將面臨結束的一刻。也許，這就是我們會迫不及待，熱切地去體驗的原因。

然而，近幾年來的快速發展為航程平添了奇特的氣氛。我們原以為自己處在一座漂浮的小島上，其實，乘客並非真的與世隔絕。在茫茫大海中，某種聯繫時而存在，時而消逝。是的，就是無線電報！這種神祕的聯繫方式讓我們接收到來自另一個世界的消息。這實在是難以想像，空心電纜究竟如何傳達肉眼看不見的訊息？奧妙的科技深不可測，同時也更富詩意，也許我們只能將這項前所未見的奇蹟，解釋為「訊息乘著清風羽翼而來」。

在航程最初的幾個小時之中，這個遙遠的聲音就開始伴隨在我們身邊，來自遠方的低語偶爾出現在我們的耳際。兩名友人為我捎來了消息，另外也有其他十幾、二十幾個人感傷或愉快地隔空道別。

第二天午後雷雨交加，我們在距離法國海岸還有五百海里時收到無線電報

亞森・羅蘋

傳來緊急電文：

亞森・羅蘋搭乘船上頭等艙，金髮，右前臂受傷，獨自旅行，化名R……

就在這個時候，陰沉的天空劃下一道閃電，電波中斷，我們沒有收到完整的電文，只知道亞森・羅蘋化名中的第一個字母。

如果電報中提到的是其他訊息，我相信電報室的職員，以及船上警務人員和船長定無可能絕口不提，但是這個訊息絕對必須嚴格保密。然而就在同一天，消息卻不知從哪裡走漏，船上的每一個人都知道了聲名狼藉的亞森・羅蘋就潛伏在我們當中。

亞森・羅蘋就在我們身邊！這個怪盜來無蹤去無影，幾個月以來，報章雜誌不斷刊出他的各項事蹟！國內最優秀的警探——葛尼瑪探長，誓言與這個謎樣人物一決高下，交手的過程可謂曲折離奇，令人驚嘆！亞森・羅蘋這個率性而為的怪盜紳士專挑城堡和沙龍下手，他曾經在某個夜裡潛入舒爾曼男爵的住處，什麼也沒拿走，只留下自己的名片，上頭寫著：「待閣下將家具擺設更換爲真品後，怪盜紳士亞森・羅蘋必將再次來訪。」亞森・羅蘋就像位千面人，曾經變裝成司機、男高音、賽馬場莊家、富家子弟、少年、長者、來自馬賽的旅人、俄國醫師，甚至還扮過西班牙鬥牛士！

大家都清楚明白一件事：亞森・羅蘋就在客輪有限的空間裡來來去去。他就在頭等艙裡，隨時都會和我們擦身而過，也許就在餐廳、交誼廳或抽菸室裡！亞森・羅蘋有可能是眼前的這位先生，要不就是另外那個人，他說不定正和我同桌進餐，甚至有可能是我的室友……

「這個情況還要再持續五回長長的二十四小時，」隔天，妮麗・安德當小姐大聲嚷嚷：「這怎麼受得了！真希望我們能逮住他。」

接著她對我說：「安德列茲先生，您說說看吧，您和船長最熟，難道什麼都不知道嗎？」

我還真希望自己可以有些消息，能逗妮麗小姐開心。她是個美人胚子，走到哪裡都是衆人矚目的焦點；再說，她的財富和美貌不相上下，身邊不乏熱情的追求者。她在巴黎長大，母親是法國人，這次是要到芝加哥和家財萬貫的父親相聚。旅途當中，由她的朋友潔蘭女士作伴。

打從一開始，我就加入了追求者的行列。但是在短暫旅程中，頻繁密集的接觸卻讓我真心拜倒在她的石榴裙下，每當她烏亮的大眼睛與我四目相對，我往往情難自禁。我的殷勤似乎博得了她的好感，她不但對我的幽默談吐微笑以對，我提起的奇聞軼事也總能引起她的注意。她似乎相當欣賞我的熱切態度。

唯一能稱得上對手，讓我稍感焦慮的只有一個人。他長相俊美，優雅又穩重，有時候，他內斂沉穩的個性，似乎比我這種典型巴黎人的外放舉止更能討得妮麗小姐的歡心。

當妮麗小姐問我話的時候，他也和其他仰慕者一樣，圍繞在她的身邊。我們當時都舒適地坐在搖椅上，天空一片清朗，已經看不出昨夜暴風雨的蹤跡，讓人神清氣爽。

「妮麗小姐，我沒有確切的消息，」我回答她的問題，「但是我們不妨自己進行調查，仿照亞森・羅蘋的對手葛尼瑪老探長大顯身手如何？」

「喔，您想太多了！」

「怎麼會呢？難道這是什麼複雜難解的問題嗎？」

「我覺得複雜得很。」

「這是因為您忘了我們手邊有線索可以來解謎。」

「什麼線索？」

「第一，亞森・羅蘋用了R字開頭的假名。」

「這似乎不夠明確。」

「其次，他單獨旅行。」

「光憑這一點資訊怎麼夠呢？」

「再者，他有一頭金髮。」

「這又怎麼樣呢？」

「我們只需要去清查乘客名單，一一過濾。」

我的口袋裡就有這份名單。我拿出名單檢視。

「首先，這份名單上有十三個名字值得我們注意。」

「只有十三個？」

「是的，這是就頭等艙而言。在這十三名姓氏以R為字首的先生當中，各位可以放心，有九位與妻子、兒女或佣人同行。因此，我們只剩下四個人要調查。拉維登侯爵……」

「他是大使館的祕書，」妮麗小姐打斷我的話，「我認識他。」

「勞森上校……」

有人說：「他是我叔叔。」

「黎佛塔先生……」

「正是在下。」就在我們這群人當中，有個滿臉黑色大鬍子的義大利人大聲回應。

妮麗小姐笑了出來。

「這位先生，您可不是金髮。」

「那麼，」我繼續說：「我們的結論是，名單上的最後一個人就是嫌疑犯。」

「是誰？」

「就是洛尚恩先生。有人認識洛尚恩先生嗎？」

大家都沒有說話。妮麗小姐開口喊那名經常陪伴在她身邊的年輕人——也就是讓我視為威脅的沉默男子。

她問：「怎麼著，洛尚恩先生，您不打算回答嗎？」

所有的人都轉頭看向他，他有一頭金髮。

我得承認，我的確有點驚訝。這陣沉默十分尷尬，我相信圍在妮麗小姐身邊的人也都同時感覺喘不過氣來。這實在荒唐，這個年輕人怎麼看，都很難引發大家的聯想。

「為什麼我沒回答？」他說：「因為，如果要以姓氏、單獨旅行者身分和頭髮顏色來比對，我也會得到相同的結論。所以，我建議大家立刻逮捕我。」

他說話的神情古怪，不但緊緊抿起蒼白的雙唇，眼睛裡也顯現血絲。

他當然是開玩笑，但是他的表情和態度都在我們心裡烙下了深刻的印象。

妮麗小姐天真地問：「但是，您的手臂總不會也受傷了吧？」

「這倒是真的，」他說：「的確是少了傷口。」

他拉起袖子，露出手臂，動作十分緊張。但是我突然想到一件事，和妮麗小姐互望了一眼，他給大家看的是他的左手。

就在我正打算戳破這一點的時候，突然有人轉移了大家的注意力。

妮麗小姐的朋友潔蘭女士朝著我們跑來，她的神情慌張失措。我們圍向她的身邊，她花了好些力氣，才終於結結巴巴地開口說話：「我的珠寶和珍珠！……全被偷光了！……」

不，並沒有完全偷光。我們後來才知道蹊蹺之處：小偷是選擇性的下手。不管是鑽石項鍊或是紅寶石鍊墜，這些首飾全都遭到破壞。小偷拿走的不是最大的寶石，而是最精巧珍貴的珠寶，也就是說，他拿的是體積雖小但價值最高的寶石。小偷取走寶石，將拆下來的鑲座丟在桌上。我和大家全都親眼目睹，這些被拆掉寶石的首飾，就像少了豔麗花瓣的光禿花芯。

竊賊趁潔蘭女士離開艙房喝茶的時候，動手拆下寶石，然後偷偷帶走。要完成這項任務，小偷必須在光天化日之下，在人來人往的走道上撬開房門，並且還得找出藏在帽盒底部那只特別設計的小袋子，挑出想要下手的珠寶。

我們這群人當中，只有一個人感到驚訝，輕輕地叫了一聲。一聽到竊案發生，所有的乘客都有個共識：竊賊一定是亞森・羅蘋。事實上，行竊方式也一如他的手法，不但複雜、神祕，且讓人匪夷所思，然而其中自有邏輯。的確，與其帶走一整批體積龐大的珠寶，不如分別挑出容易藏匿的珍珠、祖母綠和藍寶石。

結果，到了晚餐時刻，沒有任何人願意坐在洛尚恩的身邊。我們都知道，船長在當晚就找他問話了。

無庸置疑，他的就捕讓所有人都鬆了一口氣，大家心底的大石頭終於落地。那天晚上，大夥兒盡情地玩遊戲和跳舞。妮麗小姐更是無比歡喜，我看得出來，就算洛尚恩一開始在她心裡留下了好印象，到了這個時候也已經蕩然無存。她的優雅氣質讓我傾心不已。接近午夜時分，我在皎潔的月光下對她表達了愛意，她似乎也樂於接受。

但是，到了第二天，出乎所有乘客的意料之外，由於罪證不足，洛尚恩竟然重獲了自由。

他是波爾多富商家族子弟，除了提出的文件不見可疑之處外，他的手臂上也沒有任何傷口。

「文件和出生證明算得了什麼！」反對洛尚恩的人提出自己的看法，「亞森．羅蘋就是有辦法拿出一切證明。至於傷口呢，如果不是他根本沒受傷，就是他想辦法除去了傷痕！」

也有人提出不同的意見，聲稱在竊案發生的時候，曾經看到洛尚恩在甲板上散步。反對者完全不服氣，強調說：「亞森・羅蘋是何等人物，難道他會親自動手？」

假使暫且不去考慮這些外在因素，另外還有一項疑點，讓所有抱持懷疑態度的人都想不出答案。除了洛尚恩之外，船上還有哪個單獨旅行的金髮男子，姓氏以R字開頭？如果電報上指的人不是洛尚恩，那又可能是誰？

洛尚恩在午餐前放肆地朝我們這群人走來，妮麗小姐和潔蘭女士立刻起身離開。

錯不了，她們絕對還很害怕。

一個小時之後，不論是船上的員工、水手或是各艙等的旅客，大家都在傳閱一張手寫的紙條，上頭寫著：「只要揭穿亞森・羅蘋的真面目，或是找出遭竊寶石的持有人，路易・洛尚恩願意懸賞一萬法郎。」

洛尚恩甚至向船長表示：「如果沒有人幫助我尋找這個竊賊，我願意親自動手。」

洛尚恩向亞森・羅蘋下了戰帖。套句大家口耳相傳的話，其實這是**亞森・羅蘋挑戰亞森・羅蘋**，絕對精采可期！

這場好戲持續了兩天。

大家只看到洛尚恩來來去去，向工作人員打探消息。不分晝夜，四處都可以見到他的身影。

同時，船長也繼續積極調查，上上下下徹底搜索「普羅旺斯號」，未曾疏漏任何角落，連旅客的艙房也不放過。他認為，除了嫌犯的房間之外，寶石也可能藏匿在任何地方。

「我們終究會找到線索的，對不對？」妮麗小姐問我，「不管他有多機伶，鑽石和珍珠總不會憑空消失。」

「那當然，」我回答：「要不然，我們接下來就要拆開帽子和衣服的襯裡，搜遍身上衣物了。」

我把手上的柯達九乘十二底片相機拿給她看，我用這部相機幫妮麗小姐拍了許多相片。

「光是我這臺相機的大小，就裝得下潔蘭女士所有的寶石了，您說不是嗎？只要按下快門拍照，就可以蒙混過關了。」

「但是我聽說過，所有的竊賊都會留下線索。」

「唯獨亞森．羅蘋例外。」

「為什麼？」

「為什麼？因為他不只是偷竊，還會設想要如何湮滅證據。」

「一開始的時候，您對抓到他比較有信心。」

「但是後來我看到了他的手法。」

「那麼，您有什麼見地？」

「我認為，這完全是浪費時間。」

事實上，除了這些調查一無所獲之外，連船長的手表也悄悄被偷走了。憤怒的船長投入更多心力，嚴密監視並且數次約談洛尚恩。第二天發生了一件有趣的事，手表竟然被藏在大副的假領夾層裡，這還真諷刺哪！

這件讓人嘖嘖稱奇的案子充分展現出亞森・羅蘋的詼諧手法，儘管他是個竊賊，卻仍然保持一顆赤子之心。的確，他的職業是竊賊，憑藉高雅的品味來選擇下手的物件，但是他也懂得製造樂趣。他彷彿躲在幕後觀賞一齣親手執導的好戲，還被戲中鋪陳的機智和想像情節逗得哈哈大笑。

羅蘋絕對是竊賊中的藝術家。每當我看到陰沉又固執的洛尚恩，就會想到他扮演的雙重角色，對此，我不由得對這個奇特人物感到一絲欽佩之意。

就在航程即將結束的前一晚，值班船員聽到甲板陰暗的角落裡有人低聲呻吟。船員趕忙上前察看，結果發現地上躺了個人，頭上裹著一條灰色的厚圍巾，雙手還被綑縛著細細的繩索。

船員扶起他，解開繩索和頭套，並且妥善地照顧他。

這個人竟然是洛尚恩！

原來是洛尚恩出來外面巡視甲板的時候，不但遭到攻擊，還被洗劫一空。他的外套上釘著一張名片，上面寫著：「茲收到洛尚恩先生一萬法郎，亞森·羅蘋特此申謝。」

其實，被搶走的皮夾裡頭裝有二十張一千法郎的鈔票。

大夥兒一致指控這個倒楣的傢伙自導自演，但是，他怎麼可能反手綑住自己，又怎麼用截然不同的筆跡寫下字條呢？令人難以瞭解的是，這個筆跡和船上舊報紙上曾經報導過的亞森·羅蘋筆跡如出一轍。

如此說來，洛尚恩果真不是亞森·羅蘋。洛尚恩就是洛尚恩，的確是波爾多的富商之子！這樁可怖事件再一次證實了怪盜亞森·羅蘋的確在船上。

船上人心惶惶，沒有人敢獨自留在艙房內，更不必說到人少的地方散步。大家都十分謹慎地和熟悉的人聚在一起，並且還刻意區分親疏，因為威脅並非來自某個單獨的個體，如果是這樣，危險性可能還低一些。所有的人都可能是亞森・羅蘋。大家豐沛的想像力，賦予了他無與倫比的無限力量。他可能會以最出人意料的身分出現，假扮成受人尊敬的勞森上校，也可能換張面貌，化身為拉維登侯爵之輩的貴族名流。大家不再侷限於他化名中的第一個字母，因此，他甚至有可能是大家都認識的人，攜家帶眷搭乘客輪。

接下來的幾封電報並沒能帶來更多細節。就算是有，船長也沒告訴我們任何訊息，這種對一切毫無所知的情況實在令人不安。

同時，旅程也進入最後一天，這個漫長的日子似乎毫無止境，大家的情緒焦躁，彷彿即將面臨可怕的災難。這會兒，大家心裡想的不是竊案也不是偷襲，而是殺人犯罪事件。先前兩件微不足道的事件不可能讓亞森・羅蘋得到滿足，整艘客輪都在他的控制之下，執法單位根本無計可施，只要他想要下手，就一定會達成目標。羅蘋掌握了大家的財物和人身安全。

但是我必須坦言，這段時光對我而言著實美好，因為妮麗小姐百分百地信任我。她本來就容易焦慮，在這些事件過後，她直覺地希望待在我身邊尋求保護，而我自然非常樂意成為她安全上慰藉的護花使者。

實際上，我很感激亞森・羅蘋。如果不是因為他，妮麗小姐和我怎會越來越親密？幸虧有他，我才能把握美夢。我必須承認這些愛情的美夢猶如空想。安德列茲家族源遠流長地世代居住在普瓦提埃地區，然而在家道中落的情況下，只要是有志之士，都會想要重振家業，恢復昔日的風華，這也是無可厚非的。

我可以感覺到我的這些美夢並沒有得罪妮麗。她的眼眸帶著微笑，允許我繼續夢想，她輕柔的話語也讓我希望不滅。

最後的一刻終於來臨，我們並肩靠在欄杆上，一同觀看朦朧的美國海岸線。

船上的搜索行動已經告一段落，大家都在等待。不管是頭等艙的旅客，還是擠在大艙裡的移民，對於最後解謎的這一刻，全都拭目以待。究竟誰才是亞森・羅蘋本尊？他用哪個假名？惡名昭彰的怪盜亞森・羅蘋究竟躲藏在哪一張面具之下？

眾人矚目的一刻終於來臨。就算我再活個一百年，也會鉅細靡遺地記得所有細節。

「妮麗小姐，你臉色真蒼白。」我對她說。

妮麗小姐虛弱地扶著我的手。

「看看您自己，」她回答：「您整個人都變了。」

「想想看，這是多麼讓人興奮的時刻！妮麗小姐，我能和您一起度過這一刻，實在太榮幸了。我覺得您的記憶似乎還停留在……」

她既興奮又期待，並沒有聽我說話。客梯終於架了起來，在我們走下客梯之前，海關人員、幾名身穿制服的人，以及運貨員必須先登船。

妮麗小姐結結巴巴，幾乎說不出話。

「就算亞森·羅蘋早就在行程當中逃脫，我也不會驚訝。」

「也許，他寧願選擇死路，也不願意當眾受到羞辱。說不定，他覺得跳進大西洋勝過被逮捕。」

「別開玩笑！」她不太高興。

我突然打了個冷顫，她問我怎麼了。

我說道：「您有沒有看見站在客梯前面的那位矮個子老人家？」

「拿著雨傘，穿著橄欖綠外套的老先生嗎？」

「他是葛尼瑪。」

「哪個葛尼瑪？」

「就是那個大名鼎鼎，誓言親手活逮亞森．羅蘋的警探。啊，我現在知道為什麼我們一直沒有接獲大西洋這岸的消息了。葛尼瑪人都來到這裡了，他一定不希望任何人壞了他辛苦部署的局面。」

「這麼說，亞森．羅蘋絕對會被逮捕了？」

「天曉得！聽說葛尼瑪從來沒見過他本人，只看過他易容之後的樣子。除非，他知道羅蘋這次用什麼假名……」

「啊！」她說話的好奇語氣中，還稍稍帶著女人特有的殘酷，「假如我可以看到整個逮捕行動有多好！」

「我們等等看。亞森・羅蘋大概也已經發現勁敵在場。他應該會夾雜在最後幾名乘客當中，因為到了那個時候，探長一定已經老眼昏花。」

乘客開始下船。葛尼瑪拄著拐杖，裝出一副事不關己的模樣，對穿過欄杆、從他面前經過的人群似乎毫不在意。我注意到有一名船上職員站在他的身後，不時提供一些訊息。

拉維登侯爵、勞森上校、義大利人黎佛塔，更多人陸續從他面前走過。接著，我看到洛尚恩就在後面。

可憐的洛尚恩！他似乎還沒從不幸的襲擊事件中恢復過來。

「不管怎麼說，他還是有可能是羅蘋。」妮麗小姐說：「您的看法呢？」

「我覺得，如果能同時拍下葛尼瑪和洛尚恩兩人，一定很有趣。相機給您用，我手上拿太多東西了。」

我把相機遞給她，但是妮麗小姐錯過拍照的時機，洛尚恩直接走了過去。船上職員湊向葛尼瑪的耳邊說話，探長輕輕聳聳肩，讓洛尚恩離開。

「老天爺，到底誰才是亞森・羅蘋？」

「是啊，」她拉高聲音問：「究竟會是誰？」

船上只剩下最後二十多個人。其實這大可不必，但她還是惶恐地觀察這些人。

我對她說：「我們別再等了。」

她往前走，我跟在她身後。我們沒走多遠，葛尼瑪就擋在我們面前。

「這是怎麼一回事？」我大聲說。

「請等等，這位先生，您有急事嗎？」

「我得陪這位小姐。」

「一下子就好！」他的聲音比方才來得專橫。

他先是仔細盯著我看，接著直視我的雙眼說：「您就是亞森・羅蘋，對吧？」

我放聲大笑。

「錯，我不過就是伯納・安德列茲罷了。」

「伯納・安德列茲死在馬其頓，已經有三年了。」

「如果伯納・安德列茲已經死了，那我也不會在這個世上。但情況顯然不是如此，這是我的證件。」

「是他的證件。需要我為您解釋，您怎麼拿到這些證件的嗎？」

「您簡直瘋了！亞森・羅蘋用來登船的名字應該是以R字開頭。」

「是啊，這又是您的詭計，用來誤導所有的人。您真是個可敬的對手，好傢伙。但是這一回可出現大逆轉了。我說啊，羅蘋，您就認輸吧！」

我猶豫了一下，這時候他突然朝我的手臂狠狠打來，我痛得喊出了聲。他不偏不倚地打在電報上提過，我那道尚未痊癒的傷口上。

該認栽了！我轉身望向妮麗小姐。她聽到這些話，臉色轉為鐵青，幾乎站不穩腳步。

她先是迎向我的視線，接著低下頭看著我剛才遞給她的柯達相機。她突然動了一下，似乎突然頓悟。沒錯，我把洛尚恩的兩萬法郎和潔蘭女士的珍珠、鑽石藏在相機黑色的小小皮套裡，並且在葛尼瑪逮捕我之前，親手交給了她。

我可以發誓，在這嚴肅的一刻，葛尼瑪帶著兩名手下圍住我，不管是我的就捕、旁人的敵意或者其他的一切，都已經不再重要，我只在乎妮麗小姐會怎麼處理我交給她的東西。

這些證物足以證明我所犯下的竊案，關於這一點，連我自己都不敢有他想，但是妮麗小姐會不會決定交出證物呢？

她會不會背棄我？出賣我？表現出絕不寬容的敵對態度？還是說，她會用念舊的情懷，讓寬容和同情沖淡心中的不屑？

她從我的面前走過去，我深深地向她鞠躬致意，一句話也沒有說。她跟著其他的旅客一起往前走到客梯邊，手上還拿著我的相機。

我想，她應該是不敢在大家面前把東西交出來。過不了多久，她一定會把證物交給葛尼瑪。

然而妮麗小姐走到客梯上時，刻意笨手笨腳地掉落了相機，相機就這麼直接落入客輪和碼頭中間的深水之中。

我望著她逐漸遠去的身影。

妮麗小姐美麗的背影消失在人群當中，沒有再出現，就此不見蹤影。……

結束了，永遠地結束了。

我楞了好一會兒，既哀傷又感動，接著我嘆了一口氣，「可惜啊，可惜我不是個正派的人。」這句話讓葛尼瑪詫異不已。

＊　＊　＊

亞森・羅蘋在某個冬夜裡告訴了我他遭到逮捕的經過。一連串偶發的事件將我們連結在一起，總有一天，我會提筆寫下這些故事。該怎麼解釋我們之間的關係呢，可以說是友誼嗎？的確如此。我大膽假設自己有幸得到亞森・羅蘋的青睞，把我當成朋友。就因為如此，他偶爾會出其不意來到我家，將他充沛的活力，大膽生涯中的諸多喜悅、幽默及歡樂，帶到我寧靜的書房當中。

我要怎麼描述亞森・羅蘋這號人物呢？我見過亞森・羅蘋二十次，每次他都帶著不同的面貌。或者我該說，他還是同一個人，只是由二十面鏡子投射出不同的影像，呈現出各異其趣的眼眸、五官、舉止、外形和個性。

他告訴我：「其實連我都不知道自己是誰，就算照著鏡子看，也認不出來。」

這句話聽來好笑，而且充滿矛盾。但是對於見過他，並對他的神乎其技、耐心、化妝術，以及足以改變五官的能耐毫無所悉的人來說，這個說法的確不假。

他還說：「為什麼我只能擁有同一張臉？同樣的相貌總是會帶來風險，我何不想辦法避免？我的一舉一動已經足以代表我的身分了。」

他帶著驕傲的語氣說：「如果沒有人可以確切指認出亞森・羅蘋，那不是更好嗎？重點是大家都可以毫無疑問地說：『犯案的絕對是亞森・羅蘋！』」

在那幾個冬夜裡，羅蘋翩然來到我寧靜的書房，毫不吝嗇地說出了好幾場冒險的經歷，而我試著將這些故事記錄下來……

chapter 2

獄中的羅蘋

只有遊覽過塞納河風光的人，才稱得上飽覽山水；然而，如果在這段旅程之中，沒能注意到如密居和聖萬德爾處修道院遺址之間有座奇特的城堡，那麼也只能說枉然。瑪拉奇城堡傲然地盤踞在塞納河中央的岩石上，與河岸以拱橋相連。古堡幽暗陰森的牆腳與花崗岩磐石緊緊相連，大自然的鬼斧神工，將這一大塊不知出自何處的岩石安置在此地。寧靜的河水穿梭在蘆葦之間，鶺鴒站在圓石頂上打著哆嗦。

瑪拉奇城堡的歷史，和它的外觀及名號一樣嚴峻生硬，讓人難以親近。這個地方經歷了戰亂、圍攻、暗殺、劫掠，甚至還發生過大屠殺。在諾曼的科區一帶，只要在夜裡談起這些恐怖的罪行，依舊會讓人不寒而慄。民間仍然傳誦著一個個神祕的故事，古堡的祕密地道依舊是茶餘飯後的話題，這條地道不但連接著如密居修道院，還可以通到法王查理七世的情婦愛涅絲．索黑爾的住處。

瑪拉奇城堡一度是梟雄和盜匪的巢穴，現在的主人是納森．卡洪男爵。男爵過去因為投機買賣而一夕致富，因此大家都稱他為「撒旦男爵」。瑪拉奇城堡原來的堡主因為破產，而將祖先的財產賤價出售。買下城堡之後，卡洪男爵將珍藏的家具、名畫、陶瓷器具和木雕全都放在城堡裡，他雖然獨身，但是有三名年邁的僕人同住。從來沒有外人踏入城堡一步，沒有任何人有幸欣賞伯爵典藏的三幅魯本斯和兩幅華鐸的名畫（Jean-Antoine Watteau，是十八世紀法國洛可可時期的代表性人物），或者是尚恩．古戎的雕刻作品（Jean Goujon，法國雕塑界代表性人物，曾參與羅浮宮的建造與裝飾），以及男爵在拍賣會中，砸下大把鈔票從其他鉅富手中搶來的寶藏。

撒旦男爵生活在恐懼當中。他並不考慮自己的安危，他擔心的是那些以無比熱情蒐集而來的藝術珍藏品，任何狡詐的商人都無法欺騙他。他深愛著這些寶藏，這股狂熱猶如守財奴般貪婪，宛若情人般善妒。

每天傍晚，只要太陽一下山，拱橋兩端和古堡入口處的四扇鐵門就會一齊關上，並且牢牢地鎖住，稍有風吹草動，警鈴便會劃破寧靜。古堡臨塞納河的這側則安全無慮，畢竟天然的岩石地形像懸崖般陡峭。

九月的某個星期五，郵差一如往常地來到橋頭。依照慣例，男爵本人會親自來到沉重的大門邊，拉開一道小小的縫隙往外探看。

他仔細審視郵差，彷彿從來沒見過這個長年出現在古堡門口的男人。郵差樂天的臉龐上，生著和鄉下農民一樣看似狡獪的雙眼。

郵差笑著對他說：「是我呢，男爵先生，沒有別人會穿著我的襯衫，又戴上我的帽子來冒充郵差的。」

「誰曉得……」卡洪男爵低聲咕噥。

郵差遞給他一疊報紙，然後說：「男爵先生，這次還有別的東西。」

「別的東西？」

「一封信，而且還是掛號信。」

與世隔絕又無朋友的男爵從來沒收過信，他立刻開始緊張，這一定是個壞兆頭。他避居在古堡中，會有哪個神祕人士寫信給他？

「男爵先生，請您簽收。」

男爵邊發牢騷邊簽下自己的名字，接著，他收下信，看著郵差拐過彎，失去蹤影。他來回踱步之後才靠向拱橋的扶手，撕開信封。信封裡裝著一張方格信紙，最上面寫著「巴黎桑德監獄」，他再看向簽名是「亞森・羅蘋」。男爵震驚地開始讀信。

男爵閣下：

府上兩個廳堂之間的畫廊上掛著一幅讓本人十分欣賞的菲利普・尚帕涅的畫作（Philippe de Champaigne，法國古典畫派畫家，以風景、肖像及宗教畫見長），另外，您對魯本斯的品味與本人相仿，小幅的華鐸也頗得本人歡心。本人同時也注意到右側大廳中有一座路易十三時期的壁櫃、波維地區的壁毯、雅各賓簽名製作的帝政時期小圓桌，以及文藝復興時代的大衣箱；左側大廳的玻璃櫃裡還有不少珠寶和精巧的藝術品。

本人這次只要上述這些容易脫手的物件即可。請閣下在八日之內，妥善包裝這些物件，並且預先支付運費，寄到巴帝紐車站給亞森・羅蘋。否則，本人將於九月二十七日星期三的夜裡，親自前往府上取件。屆時，本人恐怕無法保證取走的物品是否限於上述清單。

本人謹此爲對於閣下帶來了困擾先行致歉，順頌大安！

亞森・羅蘋

附註：切勿將大幅的華鐸畫作一併寄出，閣下在拍賣會場以三萬法郎購得的這幅畫作其實是贗品，原作已於大革命之後的督政時期遭督政官巴拉斯在一場狂歡酒宴中焚燬，請參閱《賈拉回憶錄》。

本人對於路易十五時代的腰鍊並無多大興趣，對於這件作品是否爲真，仍存疑慮。

這封信讓卡洪男爵大為震撼。信上即使換了個人署名，也已經夠讓人心驚膽跳的了，更何況下戰帖的是亞森・羅蘋！

男爵經常在報紙上讀到竊案和犯罪的消息，對於亞森・羅蘋的通天本領，自是有所耳聞。當然了，他曉得羅蘋在美國被宿敵葛尼瑪探長逮捕，並且關入獄中等待起訴。然而他也知道羅蘋無所不能。羅蘋對古堡的認識，以及對畫作及家具擺設位置的瞭解，真足以教人提心吊膽——既然沒有人見過這些收藏，那麼他又是從何得知這些資訊的？

男爵抬起雙眼，凝視瑪拉奇城堡令人生畏的外觀，古堡的磐石堅固，四周有深水環繞。男爵聳聳肩，不可能，絕對不會有危險，世上沒有任何人有本事潛入他的寶庫。

就當作沒人有能耐好了，那麼，亞森．羅蘋呢？亞森．羅蘋會把鐵門、吊橋和城牆看在眼裡嗎？如果他決心達成目標，再艱難的阻礙、再縝密的措施都擋不住他。

當天晚上，男爵寫了一封信給盧昂地區的檢察官，並附上那封威脅意味濃厚的信函，尋求官方的保護。

他立即收到了回函。檢察官表示，亞森．羅蘋目前人拘禁在桑德監獄裡，受到嚴密的監控，不可能有機會寫信；因此，經過合情合理的判斷，這應該純粹是一封詐騙的信函。然而為了慎重起見，檢察當局仍然請來專家鑑識信上的筆跡，並且得到了證實：雖然筆跡有相似之處，但並非羅蘋本人的字跡。

「雖然有相似之處」，男爵只注意到這句讓人擔心的話。對他而言，句中的猜疑就足夠迫使司法單位採取行動了。他的恐懼越來越深，一遍又一遍地重讀著這封信。「本人將親自前往府上取件」，並且寫出了確切日期，也就是九月二十七日星期三的夜裡到二十八日凌晨之間！

寡言的男爵生性多疑，他認為僕人不夠可靠，也不敢太過信賴他們。這麼多年來，他第一次覺得需要傾訴，希望有人能提供建議。眼見司法單位背棄他，男爵於是決定憑藉自己的力量，到巴黎尋找退休員警協助。

兩天的時間一晃眼就過去，到了第三天，他在《科德貝克早報》上讀到一則令他雀躍不已的消息：

從警政單位退休的葛尼瑪探長旅居本地即將屆滿三個月。葛尼瑪探長在前一次行動中逮捕大盜亞森・羅蘋，在歐洲贏得美名，備受各界讚譽。探長來到本地享受垂釣之樂，休養生息。

葛尼瑪探長！他不正是卡洪男爵一心想找的警探嗎！還有什麼人比老練又有耐心的葛尼瑪更能打擊羅蘋？

男爵絲毫沒有猶豫，他滿心期待，立刻前往六公里外的小村落科德貝克。幾經探訪之後，男爵仍然沒有找到葛尼瑪探長的落腳處，於是他來到位在堤防中央的《科德貝克早報》辦事處。他找到負責這篇報導的記者，記者走到窗邊，大聲說：「葛尼瑪嗎？他一定拿著釣竿在堤防邊釣魚。我就是在那兒碰到他的，剛好一眼瞄到他釣竿上刻的名字。您看，就在那裡，就是河岸樹蔭下那個小老頭。」

「穿外套、戴草帽的那個人？」

「錯不了！不過，這傢伙很有個性，不愛說話，態度又粗魯。」

五分鐘之後，男爵來到這位名探長身邊，先自我介紹，試圖攀談。眼見葛尼瑪探長默無回應，男爵乾脆直接說出自己的情況。

探長靜靜聽他說話，視線沒離開過手邊誘捕的魚兒，接著，他突然轉過頭來，用憐憫的眼光上下打量男爵，說：「先生，小偷要下手行竊，絕對不會預先告知物主。尤其是亞森．羅蘋，他絕對不可能犯這種錯誤。」

「但是……」

「先生，假如我有絲毫的懷疑，相信我，我絕對樂意再次將親愛的羅蘋逮捕入獄。可惜啊，這個年輕人早就落網了。」

「他有沒有可能越獄？」

「沒有人逃得出桑德監獄。」

「但是他……」

「他和其他人一樣。」

「可是……」

「嗯，如果他真的越獄最好，我絕對會逮住他。在這之前，您可以高枕無憂，現在，先別嚇到我的魚。」

對話就此結束，男爵回到城堡。葛尼瑪絲毫不以為意，這讓他稍微安心了些。他仔細檢查門鎖，暗中監視僕人，轉眼間又過了四十八個小時，他幾乎要相信自己的擔心純屬多餘。葛尼瑪說得沒錯，竊賊在下手前不可能事先知會物主。

信上的日期越來越接近。星期二早上——也就是二十七日星期三的前一天，男爵沒有發現任何異狀。到了下午三點，有個小男孩上門按電鈴，帶來一封急電：

本人並未在巴帝紐車站收獲任何包裹，請您爲明晚預先做妥準備。

亞森・羅蘋

這封信再次使得男爵大感驚恐，開始考慮自己是否該向羅蘋讓步。

他一路跑到了科德貝克，葛尼瑪仍然坐在堤防邊的折疊椅上釣魚。男爵一句話也沒說，直接將電報遞給探長。

「然後呢？」探長說。

「然後呢？明天就是他指定的日子了！」

「什麼？」

「下手行竊的日子啊！來搜刮我的寶藏！」

葛尼瑪放下釣竿，轉身看著男爵，雙手環在胸前，不耐煩地大聲說：「您難道真以為我會插手管這樁愚不可及的蠢事？」

「如果我想要請您在二十七日晚上到我的城堡裡來一趟，請問您要怎麼收費？」

「一分錢也不必，您別來煩我就好了。」

「請您出個價，我很有錢，非常富有。」

男爵毫不客氣的說法讓葛尼瑪有些不悅，探長用較緩和的語氣又說了一次：「我來這裡是為了度假，再說，我也沒有權力多管……」

「不會有人知道的。我保證，不管發生什麼事，我都會保持緘默。」

「哎呀！不可能會有事的。」

「這樣好了，三千法郎夠不夠？」

探長掏出一撮菸草，深深地吸了一口氣，想了想，然後說：「好吧。只是我還是得老實說，您這把鈔票白花了。」

「我不在乎。」

「既然如此……說到底，我們也不知道羅蘋這傢伙會變出什麼戲法！他一定養了一群手下……您的僕人可靠嗎？」

「這個嘛……」

「如果您有疑慮，就不必倚賴他們了。我來發封電報，叫兩個身強力壯的朋友來維護安全……好了，您可以離開了，別讓人看到我們在一起，明天晚上九點左右再見。」

* * *

隔天——也就是亞森．羅蘋指定的日子，卡洪男爵準備妥當，摩拳擦掌準備迎戰，他巡視了城堡的周遭，沒有發現任何可疑之處。

他在這天晚上八點半遣退了僕人，他們的房間在城堡深處的側翼，雖然面對著小路，但是較為隱蔽。一待身邊的人離開之後，男爵就躡手躡腳地拉開四扇大門，隨後便聽到腳步聲接近。

葛尼瑪先向男爵介紹他的兩名朋友，這兩個壯漢頸子粗短，雙手強健。接著，他向男爵詢問細節，瞭解城堡內的配置，然後小心翼翼地關上門窗，堵住可能潛進大廳的出入口。探長拉開壁毯，仔細檢查牆壁，然後才將人手布置在兩間大廳中央的畫廊裡。

「千萬不可大意，知道嗎？我們可不是來這裡睡覺的。只要有任何風吹草動，立刻打開面對內院的窗戶叫我。另外，你們也要注意面河的窗戶，儘管垂直的峭壁有十公尺高，恐怕還是嚇不倒敵人。」

探長將兩名手下鎖在畫廊裡，拿起鑰匙，然後對男爵說：「現在我們該回到崗位上了。」

厚重城牆之間，有個可以同時看到兩扇大門的小隔間，他們選擇在這裡過夜。這個地方在過去曾是守衛室，朝拱橋和內院的方向各有一個窺視孔。這間守衛室的角落邊有一個像是水井的洞口。

「男爵先生，您說過的，這口井是地道唯一的入口，在很久以前就被封了起來，是嗎？」

「沒錯。」

「這麼說來，除非亞森·羅蘋知道另一處無人知悉的出入口，要不然我們大可以就此安心。我得說，這絕無可能。」

探長將三張椅子靠在一起，舒舒服服地躺了下來，點起菸斗吸了一口，然後說：「男爵先生，說真的，如果不是為了在我那棟小房子加蓋一層樓，讓自己好好度過退休後的人生，我才不會接下這種輕鬆的工作。哪天我講給羅蘋聽，他一定會捧腹大笑。」

男爵一點兒也不覺得好笑。他豎起耳朵仔細傾聽，四周一片寧靜，他卻越來越焦慮，還不時張大眼睛，探身觀察井口。

十一點過了，接著是午夜，最後，凌晨一點的鐘聲響起。

突然間，男爵一把抓住葛尼瑪的手臂，把探長嚇醒。

「您聽到了嗎？」

「聽到了。」

「那是什麼聲音？」

「是我在打呼！」

「不是，您再仔細聽……」

「啊哈！我聽得很清楚，是汽車喇叭聲。」

「所以呢？」

「所以呢，羅蘋不可能拿汽車當作撞破城牆的工具，拆除您的城堡。還有啊，男爵先生，換成我是您，我一定會好好睡個覺……我現在就打算這麼做。晚安。」

這是整個夜裡唯一的狀況。葛尼瑪繼續睡大覺，除了老探長平穩的鼾聲之外，男爵什麼也沒聽到。

天剛亮，兩人走出小小的守衛室，外面一片寧靜，清新的河水環繞在城堡下，這個早晨顯得十分平和。卡洪男爵滿心歡喜，葛尼瑪探長仍然一派安詳，兩個人一起爬上階梯。城堡裡半點聲音也無，更不可能有可疑的地方。

「男爵先生哪，我是怎麼告訴您來著？我根本不該接受……真是太慚愧了……」

他掏出鑰匙，開門走進畫廊。

探長的兩個手下分別彎身坐在兩張椅子上，雙手下垂，竟然正呼呼大睡。

「該死的傢伙！」探長大吼。

就在同一時候，男爵失聲高喊：「我的畫！我的壁櫃！……」

他激動得說不出話，伸出雙手，指著空無一物、只剩下掛釘和掛繩的牆面。華鐸的作品不見蹤影！魯本斯的畫作全數消失！壁毯被人掀走，玻璃櫃裡的珠寶藝品不翼而飛。

「還有路易十六時期的大型燭臺！攝政時代的小燭臺！十二世紀的聖母像……」

男爵驚慌失措，來回奔跑，一籌莫展。他開始回想當初蒐購這些作品的價格，加總所損失的金額，一陣混亂之中，他連話都說不清楚。他氣得跺腳，捶胸頓足，既憤怒又痛苦，簡直就像個面臨破產的人，除了自盡之外，別無解決方式似的。

如果說，有什麼事足以讓男爵略感欣慰的，那麼就只剩下葛尼瑪目瞪口呆的表情。探長的態度和男爵迥異，他無法動彈，楞楞地用茫然的雙眼檢視畫廊。窗戶？好好地關著。門鎖？完全沒被破壞。天花板上沒有缺口，地上也沒洞，一切和平常沒有兩樣。竊盜的手法絕對經過縝密的設計，簡直是天衣無縫。

「亞森・羅蘋……亞森・羅蘋……」探長喃喃自語，幾近崩潰。

他突然衝向兩名手下，難嚥的怒氣終於爆發，他用力搖晃手下，出言怒罵。但是這兩個人竟然還醒不過來。

「該死，」他說：「難道這……」

他湊上前去仔細觀察兩個人，他們還在睡覺，但是卻不像處在自然的睡眠狀態中。

他對男爵說：「他們被下了藥。」

「會是誰？」

「哈！當然是那個混帳東西！要不然就是他的同黨，但肯定是他下的指示。這是他的手法沒錯，再清楚不過了。」

「如果真的是這樣，那麼我們無計可施了。」

「的確如此。」

「這簡直是膽大包天，胡作非為！」

「去提出告訴吧。」

「會有什麼用？」

「真該死！再怎麼樣也得試試看……司法單位應該……」

「司法！您自己又不是沒看到……您看看，這時候您也許還能找出一些線索，但是您卻動也不動。」

「找出亞森・羅蘋留下來的證據？我親愛的男爵先生，您難道不知道亞森・羅蘋絕對不會留下任何蛛絲馬跡嗎？他不可能有所疏漏！我現在不得不開始懷疑，當初在美國，他是不是故意布局讓我逮捕他！」

「難道我得平白放棄我的名畫和收藏？他拿走的都是珍品，是我散盡萬金才買來的寶藏。我決定提出重賞找回這批收藏品，誰有辦法，誰就能開價！」

葛尼瑪緊緊盯著男爵看。

「說得好！您該不會收回這句話吧？」

「不，絕對不會。但是，您為什麼要這麼問？」

「我有個方案。」

「什麼方案？」

「假如司法單位真的調查不出結果，我們再談……但是您要記得，如果您希望我的方案行得通，就千萬不要提到我。」

葛尼瑪咬著牙補充：「再說，這件事實在太丟臉。」

他的兩名手下逐漸恢復意識，他們神情呆滯，彷彿剛從催眠當中醒來，驚訝地張開雙眼，急著想弄清楚狀況。在葛尼瑪的質問之下，他們表示自己什麼也不知道。

「但是你們總該看到了什麼人吧？」

「沒有。」

「再想一下。」

「沒有，真的沒有。」

「你們有沒有喝下什麼東西？」

兩人想了一下，其中一個人回答：「有，我喝了一點水。」

「這個水瓶裡的水嗎？」

「是的。」

「我也喝了。」另一個人接著說。

葛尼瑪聞了聞水的味道，然後試了一口。這瓶水沒有特別的味道。

「夠了，」他說：「這是在浪費時間，我們不可能在五分鐘之內解開亞森・羅蘋布下的謎團。不管如何，我發誓一定要逮住他。他不過是贏了第二回合，最後的勝利終將會屬於我！」

同一天，卡洪男爵對關在桑德監獄裡的亞森・羅蘋，提出了竊盜的控告。

＊　＊　＊

其實，當男爵看到大批警力、檢察官、法官、記者和好奇人士侵入原本是禁地的瑪拉奇城堡時，便十分懊悔自己提出了控訴。

這樁竊案大為轟動，不但做案方式極為特殊，亞森・羅蘋之名更是引發無限的想像，報紙上荒誕誇張的故事竟然讓讀者信以為真。

《法國迴聲報》不知從何取得那封由亞森．羅蘋署名、寄到卡洪男爵手中的威脅信函，這則報導也引起了廣泛的注意。信函一刊登之後，立刻冒出許多解釋，大家想起城堡內著名的地道，檢察官受到這些說法的影響，也朝著這個方向偵察。

檢方翻箱倒櫃，搜遍了整座城堡，沒放過任何一吋土地，連木作壁板、壁爐、窗框和天花板的梁木都沒有遺漏。大夥兒手持火炬，來到瑪拉奇歷代堡主儲存火藥和存糧的地窖，檢查岩石縫隙。然而這些搜索毫無結果，沒有人找到殘存的地道遺跡，祕密通道根本不存在。

儘管如此，城堡裡的家具和名畫不可能憑空消失，一定是從門窗送出去的，搬運的人一樣也得從這些地方出入。這些人究竟是什麼身分？怎麼潛入城堡，又是怎麼離開？

盧昂地區的檢察官自認能力不足以應付，因此要求巴黎提供協助。警察總局局長帝杜伊派來最精銳的警探，且親自到瑪拉奇坐鎮四十八小時。同樣的，他也是一無所獲。

眼見案情毫無進展，局長決定調派愛將葛尼瑪探長。

葛尼瑪靜靜聆聽長官的指示，接著點點頭說：「我認為大家不該只搜索城堡，答案不在這裡。」

「那麼要上哪裡尋找答案？」

「得去找亞森・羅蘋。」

「亞森・羅蘋！如果我們這麼做，不就等於承認他犯案？」

「的確如此。而且，我還深信不疑。」

「聽我說，葛尼瑪，這太荒唐了。亞森・羅蘋在監獄裡啊！」

「亞森・羅蘋是在獄中沒錯。我也同意您的說法，他在嚴厲的看管之下。但是，就算他上了腳鐐、手銬外加塞住嘴巴，我也不會改變自己的判斷。」

「您為什麼這麼堅持？」

「因為只有亞森・羅蘋能將整個計畫執行得滴水不漏，並且成功達到目的。」

「您這只是說說罷了，葛尼瑪。」

「但是說的是實情。就這樣吧，我們不必再去尋找地道或石頭機關設計這類無稽之事。我們的對手不會玩這麼老套把戲的，他是活在現代的人，甚至比大家的想法都還要先進。」

「所以，您有什麼結論？」

「我決定請您同意，讓我和他會面一小時。」

「在他的囚室裡？」

「是的。從美國押解他返回法國的途中，我和他相處甚歡，而且我敢說，羅蘋對於這個逮捕他的人絕對有相當程度的好感。在不認罪的狀況之下，他肯定不會讓我白跑一趟。」

葛尼瑪抵達亞森·羅蘋囚室的時候，時間剛過中午。羅蘋躺在床上，抬頭看到探長，不禁高興地喊了一聲。

「啊哈！真是個意外的驚喜。這不是親愛的葛尼瑪嘛！」

「正是在下。」

「我雖然自願來這裡避居，但是仍然不免期待……能看到您，我真是太高興了。」

「太客氣了。」

「不要這麼說，我真的很推崇您。」

「這是我的榮幸。」

「我一向認為葛尼瑪乃是一流的探長，地位與福爾摩斯相當，您瞧，我多麼心直口快。真抱歉，除了這張凳子之外，我沒辦法好好招待，連飲料或啤酒都沒有。請恕我招待不周，畢竟，這裡只不過是我暫時的棲身之處。」

葛尼瑪面帶微笑坐下，羅蘋高高興興地繼續說話：「老天爺，能看到一張正直的臉孔真好。我真是受夠了那些鬼鬼祟祟的奸細，他們一天出現不下十趟，檢查我的口袋和這間簡單的牢房，確認我沒打算越獄。真是的，政府何必這麼看重我！」

「會這麼做也是有道理的……」

「話不是這麼說！我最高興的莫過於大家都別來打擾！」

「反正花的是別人的錢。」

「可不是嗎？事情不過就這麼簡單！我太多話了，盡是胡說八道，您也許急著走。好了，葛尼瑪，無事不登三寶殿，您來看我究竟有何指教？」

「卡洪竊案。」葛尼瑪完全不拐彎抹角。

「停，等一下……我手上的案子太多了！我先想想卡洪是哪個案子……啊，有了，我知道了，塞納河下游瑪拉奇城堡的卡洪案。兩幅魯本斯的畫作、一幅華鐸，還有一些微不足道的小東西。」

「小東西！」

「哎呀，那些東西實在沒啥價值，還有更好的呢！但是既然您有興趣……說吧，葛尼瑪。」

「需要我對你說明狀況嗎？」

「不必，我早上讀過報紙。恕我老實說，你們的進展實在太慢。」

「就是這樣，我才會來請你幫忙。」

「我一定有問必答。」

「首先我想要知道，這件案子究竟是不是你策劃的？」

「從頭到尾都是。」

「那封警示信和電報也是？」

「都是在下。我應該還留著收據。」

羅蘋打開小木桌的抽屜，拿出兩張揉成一團的紙條交給葛尼瑪。這張白色的小木桌，加上矮凳和床鋪，便是牢房裡僅有的家具。

「怎麼可能！」葛尼瑪大聲說：「我以為你受到嚴密的監督，還得搜身，結果你不但有報紙可讀，還留著郵局的收據……」

「哎！這些傢伙太蠢了！他們拆開我外套的襯裡，還檢查我的靴底，沒事還敲打牆壁看我有沒有把東西藏在裡頭，他們根本沒有想到亞森．羅蘋會把東西收在最明顯的地方。我早就看穿了他們的心思。」

葛尼瑪顯然覺得有趣，他說：「好小子！算你行。來，把故事說來聽聽吧！」

「哈哈，您真是得寸進尺啊，想摸清楚我的祕密是吧……讓您全知道了還得了。」

「你剛才不是很願意幫忙嗎？」

「是啊，葛尼瑪，如果您這麼堅持的話……」

亞森．羅蘋在牢房來來回回踱步，然後停下來說：「您覺得我給男爵寫信有什麼用意？」

「我覺得你只是找樂子，想要耍大家玩。」

「說得好，耍大家玩！喂，葛尼瑪，我本來還以為您有多幹練呢。我亞森．羅蘋怎麼會浪費時間耍這麼幼稚的把戲呢？你們要弄清楚，這封信是啟動整個計畫不可或缺的關鍵。來，假如您願意，我們可以一起從頭開始策劃這樁瑪拉奇城堡的搶案。」

「我洗耳恭聽。」

「好，我們得先假設有座城堡和卡洪男爵的城堡一樣門禁森嚴。難道我要因為這樣，就放棄我所覬覦的寶藏嗎？」

「當然不會。」

「還是說，我要像古代人一樣領著一群嘍囉去攻堅嗎？」

「又不是小孩子騎馬打仗！」

「您覺得我會偷偷摸摸潛進城堡嗎？」

「不可能。」

「所以，我只剩下一個方法。依我看，這個方法還算獨到，就是讓城堡主人自己邀請我到他家裡去。」

「的確很有創意。」

「況且又簡單！我們現在假設，某天，這個城堡主人收到了一封信，預先被告知了聲名狼藉的怪盜亞森．羅蘋正在打他的主意，那麼他會怎麼做？」

「把信拿去交給檢察官。」

「然後被狠狠取笑一頓，因為所謂的怪盜羅蘋這個時候明明就關在監獄裡。所以啦，驚慌失措的城堡主人一定會就近尋求協助，對吧？」

「這是當然。」

「這時候，假如城堡主人剛好在當地小報上看到某位名探長來到附近地區度假……」

「他絕對會直接去找這位警探。」

「您說對了。但是，我們必須承認，為了做到這一點，亞森．羅蘋必須事先請個機伶的朋友住到科德貝克去，並且和當地早報——也就是男爵訂閱的《科德貝克早報》編輯套好關係，讓編輯相信他就是著名的探長。您說，接下來有什麼發展呢？」

「編輯會在早報上報導這名探長在科德貝克現身。」

「好極了，接著只可能有兩種狀況，一是我們要誘捕的魚兒不上鉤——我這是說卡洪男爵，如果真是這樣，那就什麼事也沒有。第二種狀況是最有可能發生的情形，男爵彷彿找到了救星，跑來找探長。如此一來，我的目標卡洪男爵不正是引狼入室，找我安排好的朋友來對付我了嗎？」

「越來越精采了。」

「這是當然，冒牌警探一開始先是拒絕。這時候亞森・羅蘋又發了封急電給男爵，於是男爵只好再次向我的這個朋友求助，並且提供豐厚的酬勞。這個朋友接受請託，帶著同夥的兩名壯漢住進城堡。當天晚上，由冒牌警探負責監視卡洪男爵，這兩名壯漢將部分物品綑綁妥當，從窗戶吊出去，一艘租來的小船就等在外頭接應。整個計畫和羅蘋本人一樣簡潔明快。」

「簡直是妙極了！」葛尼瑪驚呼，「這個想法夠大膽，細節真縝密，我太佩服了。但是我想不出哪位探長有這麼響亮的名聲，連男爵也沒辦法抗拒。」

「絕對有，而且只有一位。」

「是誰？」

「就是亞森．羅蘋大名鼎鼎的敵人，嗯，不就是葛尼瑪探長嗎？」

「我！」

「就是您，葛尼瑪。最精采的還在後頭，假如您到了瑪拉奇城堡，而且男爵決定說明整個故事，您會發現您的責任是緝捕您自己，就像您在美國逮捕我一樣。哈！這個復仇計畫還真幽默，我要葛尼瑪去逮捕葛尼瑪！」

亞森．羅蘋開心地笑了出來，探長氣得咬緊嘴唇，不發一語。這種玩笑在他看來似乎一點也不有趣。

這時剛好有名獄卒出現，讓探長稍微振作了起來。獄卒為亞森．羅蘋送來午飯，透過某種特殊關係，這頓飯還是特地從附近的餐廳裡訂來的。獄卒把餐盤放在桌上，然後離開。亞森．羅蘋毫不客氣地坐下來享用，剝開麵包吃了幾口，然後說：「放心啦，我親愛的葛尼瑪，您不必去的。讓我來告訴您一件事，您肯定會大吃一驚。卡洪這件案子再過不久就要結案了。」

「什麼？」

「我說啊，馬上就要結案了。」

「別唬我了，我才剛離開局長的辦公室。」

「所以呢？難道帝杜伊先生會比我更清楚我本人的事嗎？您馬上會知道的，葛尼瑪，冒牌葛尼瑪，和男爵保持著很好的關係。男爵委託他來跟我協議，打算拿出一筆錢贖回他的收藏，也就是因為這樣，男爵才不可能說出你的事。我的交換條件是男爵必須撤回告訴，這就是說，這樁竊案結束了，檢方沒理由繼續找我麻煩……」

葛尼瑪目瞪口呆地瞪著羅蘋看。「你怎麼知道？」

「我一直在等電報，剛剛才收到。」

「你收到電報？」

「親愛的朋友，才剛收到呢！為了禮貌起見，我不想在您的面前讀。但是，如果您不介意……」

「你這是在作弄我，羅蘋！」

「我親愛的朋友啊，請您輕輕敲開這顆蛋自己看看，我絕對不是在開您玩笑。」

葛尼瑪不由自主地順從他的指示，拿起刀柄敲開蛋殼。他驚訝地喊了一聲，空心蛋殼裡藏著一張藍色的紙條。亞森．羅蘋要他打開紙條。這是一封電報，不，應該說是一段撕去了收文郵局資料的電文：

達成協議，十萬法郎入袋，一切順利。

葛尼瑪說：「十萬法郎？」

「沒錯，就是十萬法郎！金額不大，但是話說回來，現在的時局不算好……我的日常支出相當龐大！哎，如果您知道我的開銷有多大……簡直可以媲美一座大城市了！」

葛尼瑪站起身來，方才的怒意已經退去。他在腦子裡迅速地檢視了整件事，想找出破綻。接著他開口說話，語氣中充滿行家的敬意。

「幸好，像你這樣的人物不多，否則警察根本毫無用武之地了。」

亞森・羅蘋謙虛地說：「我還能說什麼呢？人總是要找點樂子，再說，如果我沒有被關在牢裡，這個計畫還真行不通哪。」

「什麼！」葛尼瑪大聲說：「你的訴訟案、辯護、審訊還不夠你忙嗎？」

「是啊，因為我決定不出庭。」

「天哪！」

亞森・羅蘋從容地重複著自己的話：「我不會出席自己的審判。」

「你當真！」

「親愛的朋友，您該不會以為我打算在這堆潮濕發霉的草蓆上躺到老死吧？您這簡直是侮辱我。亞森・羅蘋在監獄裡高興留多久就留多久，一分鐘不多，一分鐘也不少。」

「那麼，你在一開始就該小心點，別進到裡面來。」探長諷刺地說。

「哈！這位先生在嘲笑我！可能是忘了當初怎麼逮到我的。親愛的朋友，您要知道，如果我不是在那個關鍵時刻為了某位重要人士而分心，任何人——包括您在內，都不可能碰到我一根汗毛。」

「我才不相信。」

「當時，我心愛的女子正凝視著我。您知道這是什麼滋味嗎？我可以發誓，其他的一切都不重要了。這就是我為什麼會進到獄中的原因。」

「容我說句話，你已經進來很久嘍！」

「剛開始，我想遺忘。您別笑，這段歷程讓人神迷，我還保留著這些柔情的思念……再說，我的神經有點衰弱！我們的日子一向過得太緊湊了！要知道，有時候還是得與世隔絕，休養生息。這個地方真是再理想不過了，可以嚴格執行對健康有益的療養。」

「亞森·羅蘋，」葛尼瑪說：「你在開我玩笑。」

「葛尼瑪，」羅蘋信誓旦旦地說：「今天是星期五。下禮拜三下午四點，我會帶著雪茄，到您在貝戈列斯街上的家裡去看您。」

「亞森·羅蘋，我等你來。」

兩個人握手道別，彷彿互相敬重的密友。老警探走向門口。

「葛尼瑪！」

探長回過頭。

「什麼事？」

「葛尼瑪，您忘了拿表。」

「我的表？」

「對，怎麼搞的，您的表怎會跑到了我的口袋裡面。」

他滿懷歉意地將表歸還給葛尼瑪。

「真是抱歉……這是壞習慣……不是因為他們先拿走了我的表，我才會拿您的來用。何況，我這裡有一只很好的馬表，我實在沒什麼好抱怨的。」

他從抽屜裡拿出一只厚重的大型金表，這只懷表看起來很實用，還繫著一條粗鍊子作為裝飾。

「這只表又是從誰的口袋裡跑過來的？」葛尼瑪問道。

「J．B……這又是誰？……啊，有了。我想起來了，居爾．布維爾，預審庭的法官，他真是個好人……」

chapter 3

亞森・羅蘋越獄

亞森・羅蘋用完餐，從口袋裡掏出雪茄，正在得意洋洋檢視這支嵌著小金環的雪茄時，牢門突然打開。他及時將雪茄扔進抽屜，然後離開桌邊。獄卒走進來，原來是犯人散步的時間到了。

「親愛的朋友，我正等著你呢！」羅蘋說道，他仍然保持慣有的好心情。

兩個人走出牢房，才剛拐彎踏上走廊，就有另外兩個人偷偷潛進羅蘋的牢房裡四處搜索。他們是杜西警探和佛朗方警探。

他們想把事情做個了結。毫無疑問，亞森・羅蘋可以得到外界的消息，和他的黨羽依然保持聯絡。前一天的《要聞報》甚至還刊登了他寫給法律新聞記者的一封短箋：

敬啟者：

貴報近日刊登了一篇有關本人的不實報導。本人將於開庭前登門拜訪，要求澄清。

謹祝大安！

亞森・羅蘋敬上

這封信的確是羅蘋的字跡。這證明他能寄信，也能收信，更代表他毫不避諱自己正在策劃這場高調的越獄行動。

這個情況讓人無法忍受。經過預審法官的同意，警察總局局長帝杜伊親自到桑德監獄，向典獄長說明應該採取的必要措施。他一抵達桑德監獄，立刻派遣兩名手下到羅蘋的牢房裡搜索。

他們撬開地上鋪的石板，拆解床鋪，以幹練的手法翻找，但是卻一無所獲。他們正打算向長官報告搜查的結果，這時候獄卒上氣不接下氣地跑過來對他們說：「抽屜……要檢查桌子的抽屜。我剛才進來的時候，好像看到他關上了抽屜。」

拉開抽屜檢查之後，杜西警探喊道：「好傢伙，這次我們可逮到他了！」

佛朗方警探連忙阻止他。「等等，伙伴，這得由局長來清點。」

「但是，裡面的高級雪茄……」

「放下那支哈瓦那雪茄，我們先去報告局長。」

兩分鐘之後，帝杜伊局長親自來檢查抽屜。他在裡面找到一疊出自《新聞摘選》、關於羅蘋的剪報，一個裝菸草的小袋子、一支菸斗、一些薄如洋蔥膜的紙，還有兩本書。其中一本是卡萊爾的英文著作《英雄與英雄崇拜》（作者Thomas Carlyle將英雄定義為「傳達神之旨意的人」，是以，不只是神明與帝王，先知、教士、文人學者及革命家也都是英雄），另一本是一六三四年由書商艾澤維在萊德出版的《愛比克泰德手冊》德文譯本。局長翻閱這兩本書時，注意到有的書頁上有摺痕，有的句子劃了線，還有些加註。這會不會是某種暗號，或者羅蘋單純只是認真研讀？

「我們得好好研究一下。」帝杜伊局長說。

隨後他檢查菸草袋和菸斗，拿起金環雪茄，大聲說：「真是想不到啊！我們這位朋友過得真愜意，這竟然是上好的亨利．克萊雪茄！」

嗜菸的局長下意識地把雪茄拿到耳邊捻動，接著驚呼了一聲，原來雪茄在他指頭捏壓之下變得鬆軟。他仔細檢查，發現菸草裡夾著一樣白色的東西。他用一支別針輕輕挑出一卷細如牙籤的小紙軸，紙條上是女人纖細的字跡：「八個籃子裡有八個取代完畢，以腳往外推踩，鑲板可由上往下取出。H．P將在每日十二至十六準時等待，速通知地點。請放心，您的友人都在關心。」

帝杜伊局長想了一下，然後說：「夠清楚了。籃子，八個隔間，十二至十六指的是從中午到下午四點。」

「這個等候的H．P是什麼人？」

「H・P應該是指車子的馬力，汽車術語裡不都用這兩個縮寫字母來代表馬力嗎？二十四H・P就是指二十四匹馬力的汽車。」

局長站起身子，又開口問道：「犯人用過午飯了嗎？」

「用過了。」

「依照雪茄的狀況來看，他應該還沒有看過這張紙條，他可能剛收到。」

「他怎麼拿到的？」

「也許夾雜在這些東西當中，夾藏在麵包或馬鈴薯裡面，我怎麼知道？」

「不可能，我們同意讓他從外面的餐廳叫食物進來，就是為了引他上鉤，但結果什麼也沒找到。」

「我們晚上再回來找羅蘋的回覆，現在，暫時先讓他離開牢房。我要把這張紙條拿給預審法官看，如果他同意，我們立刻翻拍下這封信的照片，你們在一個小時之內就要將這封信放進新的雪茄裡，和其他東西放在一起。絕對不可以讓羅蘋起疑。」

當天晚上，杜西警探陪著好奇的帝杜伊局長回到桑德監獄一探究竟。監獄辦公室的角落裡有三個盤子疊放在火爐邊。

「他吃過了嗎？」

「吃過了。」典獄長回答。

「杜西，把這些剩下來的通心麵切開，剝開圓麵包……沒有嗎？」

「報告局長，沒有東西。」

帝杜伊局長先檢查盤子，然後是叉子、湯匙和制式的圓刃餐刀。局長先將刀柄往左轉，當他接著將刀柄向右轉的時候，刀柄脫落了下來。空心的刀刃裡藏著一張紙條。

「哼！」他說：「羅蘋這麼狡猾的傢伙竟然只想出這種伎倆。我們不必浪費時間，杜西，你去盤問餐廳的人。」

紙條上寫著：「仰賴您安排，H．P每天都遠遠跟著。我會上前會合。期待不久後與親愛的好友見面。」

「終於找到了，」帝杜伊局長摩拳擦掌，拉高了嗓門說：「就我看，事情進行得非常順利。我們只需要稍微推波助瀾，羅蘋的越獄計畫絕對會成功……如此一來，我們就可以將所有共犯一網打盡。」

「萬一不小心讓亞森·羅蘋得逞呢？」典獄長表示抗議。

「我們會部署好足夠的人手。如果他再使出什麼狡猾的伎倆……嘿，那麼他只有等著瞧了！至於他的手下，如果首領不肯據實以供，黨羽一定會老老實實招出來的。」

* * *

事實上，亞森·羅蘋說得不多。幾個月以來，預審法官居爾·布維爾費盡心思，卻一無所獲，審訊過程成了法官和唐瓦律師之間毫無實質意義的攻防戰。唐瓦律師雖然是一名傑出的辯護律師，但是對於他當事人的認識同樣極為粗淺。

出自於禮貌，亞森・羅蘋偶爾會說：「是的，法官，我承認里昂信貸銀行和巴比倫街的搶案，以及銀行假鈔案、保險詐欺案、阿爾梅尼城堡、古黑堡、安布凡堡、葛塞萊堡、瑪拉奇城堡這些地方的案子，全都是本人犯下的。」

「那麼，能不能請您說明……」

「多說無益，我全都承認，如果您還要再加上個十倍罪名，我也全都認了。」

法官厭倦了爭執，於是只好暫停毫無意義的審問。但是在得知警方攔截下羅蘋對外聯繫的兩張紙條之後，法官重啟審訊。亞森・羅蘋通常在中午時分與其他幾名人犯一起搭乘囚車由桑德監獄前往拘留所，一去就是三、四個小時之久。

在某個下午，這項例行程序卻有了改變。在桑德監獄其他人犯還沒有接受審訊之前，獄方便決定先將羅蘋送回監獄，因此羅蘋獨自搭乘囚車。

囚車有個俗名，叫做「菜籃」，車身有中央走道分隔，左右兩側各有五個隔間，總共十間。犯人在狹小的隔間裡只能端坐在隔間裡的位置上，走道盡頭安排了一名警衛負責鎮守。

羅蘋被帶進右側的第三個隔間裡，沉重的囚車隨後開動。他知道車子駛離了鐘樓堤岸，經過法院前方。當車子行進到聖米歐爾橋中間的當兒，他和每次搭乘囚車的時候一樣，用右腳用力踩下隔間底部的鋼板。這次，有個東西隨著他的動作打開，鋼板緩緩掀了開來，羅蘋發現自己所在的隔間位置就在囚車前後車輪之間的上方。

他全神貫注，觀察戒備。囚車來到聖米歐爾大道，在聖日耳曼交叉口處停了下來，原來是路口有輛載貨馬車倒了下來。路上的交通立刻阻塞，馬車和汽車都塞得一團混亂。

亞森・羅蘋彎下腰從車底探出頭往外看，另一輛囚車停在他搭乘的這輛旁邊。接著，他從車底鑽出來，踩在輪軸上跳落到地面。

一名馬車夫看到他，忍不住放聲大笑，開口喊叫，但是交通已恢復正常運作，隆隆的車聲蓋過了馬車夫的聲音。何況，亞森．羅蘋早已跑遠。

羅蘋先是跑了幾步路，接著在左邊的人行道上轉過身來環顧四周，似乎在觀察地形，彷彿不確定該朝哪個方向前進。接著，他做出決定，把雙手插在口袋裡，漫不經心地緩步順著聖米歇爾大道往上走。

這個秋日的天氣十分舒適宜人，咖啡館裡坐滿了人，他選了個露天咖啡座坐了下來。

他點來一杯啤酒和一包菸，小口喝完啤酒，悠閒地抽了一支菸，接著又點燃第二支香菸。最後，他站起身，要侍者請老闆過來。

老闆過來之後，亞森．羅蘋用在座所有人都聽得到的音量說：「先生，真是抱歉，我忘了帶錢包。我是亞森．羅蘋，不知道這個名號是否足以讓您寬限我過幾天再來付帳。」

老闆盯著他看，當他在開玩笑。但是亞森．羅蘋又說了一次：「就是羈押在桑德監獄裡的羅蘋啊，目前在逃。希望這個名字能贏得您的信心。」

說著，他在一陣訕笑聲中離去，咖啡館的老闆沒來得及提出異議。

他斜斜穿過蘇弗洛路，轉進聖賈各路。他一派悠哉，不時停下腳步觀賞櫥窗，一邊抽著菸。來到皇港大道之後，他先向人問了路，然後直接走向桑德路。沒走幾步路，陰森的高牆就出現在眼前。他沿著圍牆走到警衛崗哨旁，脫下帽子問：「請問這裡是桑德監獄嗎？」

「是的。」

「我想回牢房去。囚車把我放在半路上，但是我不想太放肆……」

警衛低聲咒罵：「這位先生，您儘管走您的路，快點走開！」

「真是抱歉！但是我要走的路得穿過這扇門。如果您不讓亞森・羅蘋進去，朋友啊，您可是會惹上一身麻煩的。」

「什麼亞森・羅蘋，真是胡說八道！」

「可惜我沒帶名片……」羅蘋一邊翻找口袋，一邊說話。

警衛滿臉疑惑，上下打量羅蘋，接著悶聲不吭，不甘不願地按下門鈴，鐵門隨即打了開來。

幾分鐘之後，典獄長跑到外面的辦公室來，故作氣憤地指責羅蘋。羅蘋笑著說：「夠了，典獄長，別跟我耍手段。怎麼著，你們刻意讓我單獨搭車，還製造交通事故，以為我會急急忙忙跑去和友人相會！呵，何況還有二十多個警察人員，有的走路，有的駕駛馬車，還有人騎著腳踏車跟在我身邊呢！這根本就是設計好的圈套，我根本不可能活著逃掉！我說啊，典獄長，你們是不是心存這個打算哪？」

他聳聳肩，繼續說：「典獄長，您行行好，別再插手管我的事了。就算哪天我真想越獄，也不會麻煩到任何人。」

過了兩天，儼然成了羅蘋官方代言人的《法國迴聲報》（有人說，羅蘋是這份報紙的大金主），鉅細靡遺地報導出這次越獄行動的細節，包括羅蘋與女性友人的紙條及其祕密傳遞的方式、警方的密謀、羅蘋在聖米歇爾大道上的漫步，還有發生在蘇弗洛路咖啡館內的插曲，絲毫沒有遺漏。讀者全都知道杜西警探沒能從餐廳的侍者身上問出任何訊息；此外，大家也得知羅蘋掌握了許多資源，他的黨羽竟然能夠偷天換日，取代監獄六輛囚車其中的一輛。

大家都深信亞森・羅蘋絕對有能力再度越獄，他本人也明確證實了這一點。事件發生的第二天，當布維爾法官出言嘲笑這次失敗的行動時，羅蘋直視法官，冷冷地回答：「法官先生，您聽好，請您相信這次的嘗試是整個越獄行動的一部分。」

「我不懂。」法官仍然在嘲笑他。

「您不需要瞭解。」

由於《法國迴聲報》總是會刊登法官的審訊內容，於是法官一再地詢問，然而羅蘋只是厭煩地大聲說：「老天爺，這有什麼用！這些問題根本就不重要。」

「怎麼會不重要？」

「當然不重要，因為我根本不會出席這場審判。」

「您不會出席……」

「不會，我早就決定了，而且絕對不會改變。」

日復一日，羅蘋毫不避諱地表現出勝券在握的態度，這讓執法單位大為氣惱。有些祕密只有羅蘋才知道，因此，除了他之外，沒有任何人能夠說出線索。但是他為什麼要說出來？又將如何實現？

某天晚上，獄方決定將亞森・羅蘋換到樓下的另一間牢房裡。另一方面，法官也完成了審訊，將案件發還給檢方。

整件案子沉寂了兩個月，亞森・羅蘋鎮日躺在床上，幾乎一直面對著牆壁。換了牢房似乎讓他十分沮喪，他不願與律師見面，也幾乎不和獄卒交談。

到了審判日的兩個星期之前，他似乎又恢復了生氣。他抱怨牢房裡面太悶，於是獄方在大清早讓他到庭院裡散步，還調派兩名獄卒監視。

在這段期間裡，大眾對於這次審判的好奇心並沒有消退，每天仍然期待越獄成功的消息，羅蘋以他的氣魄、感染力、變化多端的面貌、出奇創新的想法和神祕的生活，深受大眾喜愛。亞森・羅蘋必須逃脫，這是必然的事實。如此不斷地拖延，已經讓大家十分意外。警察局長每天早上都會問祕書：「怎麼樣，他人還沒走嗎？」

「報告局長，還沒有。」

「那麼，明天再等著看嘍！」

審判前夕，《要聞報》的辦公室裡來了個男人，要求和法律新聞記者見面，他扔下一張卡片後就急忙離開。卡片上寫著：「亞森・羅蘋絕不食言。」

* * *

在這樣的氣氛之下，法庭終於開庭了。

旁聽的人潮將法庭擠得水洩不通，每個人都想親眼目睹大名鼎鼎的亞森・羅蘋，也想比其他人更早看到他藐視嘲弄法官的風采。律師、法官、記者、社交名流、藝術家、名媛貴婦，幾乎整個巴黎的人都擠進了旁聽席。

這天下著雨，天色陰暗，當警衛將亞森・羅蘋帶進來的時候，旁聽席上的人們幾乎看不清楚他的臉。他的動作遲鈍，就座的方式笨拙，表情漠然，實在讓人難以心存好感。原本的唐瓦律師認為自己太過屈就，於是改派祕書來幫羅蘋辯護，好幾次都是這名辯護律師代表羅蘋發言，而他本人卻只是低著頭，噤聲不語。

書記官朗讀了起訴書，接著庭長發言：「請被告起立，說出您的姓名、年齡和職業。」

眼見被告沒有反應，庭長重複了一次：「請說出您的姓名。我在問您的名字。」

這名被告用沙啞疲憊的聲音說：「戴西雷・波杜。」

旁聽席上傳來竊竊私語的聲音。庭長繼續問話：「戴西雷・波杜？啊，又換了個新的身分啦！這大概是您的第八個化名了，一定也是和其他的身分一樣，純屬虛構。麻煩您，還是用亞森・羅蘋這個名字好嗎，聽過這個名號的人比較多。」

庭長翻閱檔案，繼續說：「因為呢，不管怎麼找，我們仍然無法查明您的真實身分。您是這個現代社會的特例，竟然查不到半點過去。我們不知道您是誰，是哪裡人，在哪兒度過童年，總歸一句話：我們對您一無所知。三年前，您突然憑空出現，自稱亞森・羅蘋，是個聰明卻墮落、敗德卻慷慨的怪異組合。我們對您在這段時間之前的認識純屬臆測。八年前，跟在魔術師迪克森身邊的羅斯塔可能是亞森・羅蘋。六年前，一名時常拜訪聖路易醫院亞特爾醫師，並且在實驗室裡以自己對於細菌學和皮膚病的大膽假設讓這位教授訝異不已的俄國學生，也可能是亞森・羅蘋。在柔道蔚為風潮之前，亞森・羅蘋就已經將日本武術引進了巴黎。同時，我們推測亞森・羅蘋曾經以選手的身分贏得自行車大賽，領到一萬法郎之後便銷聲匿跡。此外，亞森・羅蘋也可能是那名將許多人從慈善晚會中拯救出來，然後再將他們洗劫一空的怪盜。」

庭長停頓了一下，然後作出結論：「似乎，眼前這段時期，不過是您在日後與社會對立抗爭的前期準備階段，藉以磨練您的能力和心智，以期達到最高峰。您是否承認上述的幾項事實？」

庭長說話的時候，被告彎腰駝背，身體左右搖晃。在光線下，大家明顯看出他極其消瘦，雙頰凹陷，顴骨異常突出，臉色灰敗如土，還夾雜著點點紅斑和參差稀疏的鬍子。獄中的生活使得他衰老又枯槁，大家再也認不出報紙上時常刊登的年輕臉龐和優雅身形就是此人。

他似乎沒聽見庭長的問題，庭長又重複了一次。最後，他抬起眼睛，彷彿在思考，接著用盡全力喃喃地說：「戴西雷・波杜。」

庭長笑了。「亞森・羅蘋啊，我實在看不懂您的辯護策略。如果您打算裝傻或推卸責任，那麼儘管請便，我是絕對不可能理會您的伎倆的。」

接著庭長開始詳細陳述羅蘋涉案的竊盜、詐欺等等罪狀，並且不時詢問被告，但是後者只是咕噥作聲，要不就根本不回答。

接下來，證人陸續出庭。有些證詞絲毫起不了作用，有些則指證歷歷，但是所有證人的共通點是說法都前後矛盾。整場詰問讓人摸不著重點，不過在葛尼瑪探長走進法庭的時候，大家全又提起了興致。

然而老探長一開始就讓人失望。他雖然稱不上害怕（畢竟他見多識廣），可是卻十分不自在，甚至有些焦慮。他幾度轉頭凝視被告，神情侷促。他用雙手撐住欄杆，敘述自己與羅蘋的幾度遭遇，以及他一路由歐洲追到美洲的經過。在場人士無不聚精會神仔細聆聽，把他的證詞當作令人嚮往的冒險故事。然而，當他最後說到與亞森．羅蘋的幾次會談時，卻兩度停頓，顯得猶豫不決。

顯然，他心裡還有其他的顧慮。庭長對他說：「如果您不舒服，最好先暫時休息一下。」

「不，只是……」

他又停了下來，久久地凝視著被告，然後說：「請准許我上前檢視被告，有件事讓我很納悶，我想要釐清一下。」

他靠近被告，再一次聚精會神地仔細端詳，接著走回證人席，嚴肅地說：

「庭長閣下，我向您確認，我面前的這個男人並不是亞森・羅蘋。」

他一說完這番話，法庭裡頓時變得鴉雀無聲。庭長先是楞了一下，接著便大聲說：「您說什麼！您瘋了不成？」

探長冷靜地說：「乍看之下，我承認這兩個人的確有相似之處，足以混人耳目。但是仔細一看，他的鼻子、嘴巴、頭髮，甚至是皮膚的顏色都不同。反正，這個人不是亞森・羅蘋。大家看看他的眼睛！羅蘋怎麼會有這種酒鬼般的酣醉眼神！」

「這您得好好說清楚了，您這些話是什麼意思？」

「但願我知道就好了！他有可能找了一個倒楣鬼來頂罪。除非說，這個人是他的共犯。」

現場傳來此起彼落的笑聲和驚嘆，法庭上出現了誰都沒有料到的戲劇性場面。庭長決定派人去請來預審法官、桑德監獄的典獄長和獄卒，因此宣布先暫停審判。

再次開庭時，布維爾法官和典獄長檢視了被告之後，都宣稱這個人和亞森・羅蘋只有少許相似之處。

「那麼，」庭長大聲質問：「這個人是誰？從哪裡來的？他怎麼會出現在法庭上？」

接著進來的是桑德監獄的兩名獄卒。他們證實這個人就是他們監管下的犯人，這番矛盾的說法令人驚愕。

庭長嘆了一口氣。

接著，一名獄卒說：「沒錯，我覺得這個人就是他。」

「什麼，您『覺得』？」

「可不是嗎？我其實也沒看清楚他的長相。當初他被帶進來的時候已經是晚上了，而且，這兩個月以來，他一直面牆躺著。」

「那麼，在這兩個月之前呢？」

「啊！當時他又不是關在二十四號牢房裡。」

典獄長針對這點作出說明：「在他企圖越獄之後，我們將他移到別的牢房去了。」

「那麼典獄長您呢，在這兩個月期間，您總看過他吧？」

「我沒機會看到他……他一直很安靜。」

「但是這個人不是當初交給你羈押的犯人？」

「不是。」

「那麼他是誰？」

「我沒辦法回答這個問題。」

「這麼說，眼前的這個人，是兩個月前替換過的代罪羔羊。您要如何解釋這件事？」

「這是不可能的。」

「這究竟怎麼一回事？」

庭長問不出個所以然來，於是轉向被告，以親和的態度對他說：「被告，您是不是可以解釋一下，當初您是在什麼時候，怎麼被關進監獄裡的呢？」

庭長親切的語氣讓男人解除了戒心，或者說，終於讓他聽懂問題，並且試著想回答。經過技巧性的溫和詢問，他終於拼拼湊湊地說出自己在兩個月之前被帶進拘留所，在裡面度過了一晚，到了第二天早上，這個全身上下只有七十五分錢的男人又被放了出來。但是，就在他穿越前庭的時候，出現兩名警衛，把他帶上了囚車。從此之後，他就一直關在二十四號牢房裡，這沒什麼不好，有東西吃又有地方睡，實在沒得抱怨。

這番說詞十分可信。在哄堂大笑和騷動之中，庭長決定先行調查，擇期再審。

* * *

調查隨即展開，根據收監紀錄資料顯示，在八個禮拜之前，的確有一名戴西雷·波杜在拘留所裡過夜。這個人在第二天獲釋，於下午兩點離開看守所。就在同一天，最後一次接受提審的亞森·羅蘋也在下午兩點鐘離開了預審法庭，搭上囚車。

出錯的難道是警衛？他們是否一時沒有注意，把長得有些相像的兩個人弄錯了，誤把這個男人當成自己的犯人？然而這項假設並不適用，這兩名警衛不可能如此疏忽。

難不成這是預謀？首先，想要在這些戒備森嚴的地點偷天換日就已經是難事了；另外，波杜還必須是共犯，並且為了頂替亞森·羅蘋，先得有足夠的理由才能確確實實地被關進拘留所裡。然而這個奇蹟般的行動，得具備天時、地利、人和，才可能成功。

調查人員檢視了戴西雷·波杜的罪犯體貌特徵檔案，沒有發現任何其他與此人特徵相似的罪犯，並且沒費太多工夫，就找到波杜過去的資料。在庫布瓦、阿斯尼爾和樂瓦洛這些地方，都有人認識他。波杜靠施捨度日，住在泰恩附近的流浪漢棚屋裡，但是，他在一年之前失去了蹤影。

他是不是亞森．羅蘋的手下？沒有任何論據足以證實這項假設。但若真是如此，也沒有人能進一步瞭解這項越獄計畫。整件事依然匪夷所思，大家提出了二十多個假設，卻沒有一個能夠讓人滿意。羅蘋確實越獄成功了，不但讓人印象深刻，更是找不出解釋。大眾和司法單位明白這項行動經過長久的縝密計畫，執行得滴水不漏，全然印證了亞森．羅蘋事前的豪語：「我不會出席自己的審判。」

經過一個月的仔細調查，這個謎團依然無法破解。執法單位不能繼續羈押倒楣的波杜，這場對他的審判太過荒唐，要以何罪名起訴他？預審法官不得不先釋放他，但是警察局長決定嚴密跟監。

提出這項跟監建議的人，正是葛尼瑪探長。根據他的看法，這個計畫中既沒有共謀也不是巧合。波杜只是足智多謀的亞森．羅蘋安排的一步棋。波杜一旦獲釋，就算追不到亞森．羅蘋，至少也能逮住他的黨羽。

局長調派杜西警探和佛朗方警探協助葛尼瑪。在某個陰霾的一月早晨，監獄的大門在戴西雷・波杜面前打了開來。

一開始，他似乎有些茫然，走起路來就像個不知該如何打發時間的人。他沿著桑德路走到聖賈各路，來到一間舊貨店門口後，脫掉外套和背心，將背心賣得一些錢之後，又穿上外套離開。

他穿越了塞納河，在夏特雷廣場看到一輛公車。他本來想搭車，但是車上已經沒有座位，於是查票員建議他先取個號碼，然後到候車室等待。

此時，葛尼瑪的視線不曾離開候車室，還叫來身邊的兩名警探，急急忙忙地對他們說：「攔下一輛車……不，兩輛好了，以防萬一。你們其中一個跟著我，我們要跟蹤他。」

兩名警探聽令行事。這個時候，仍未見波杜走出候車室。葛尼瑪上前一看，發現裡面竟然沒有任何人影。

「我真是笨透了！」他低聲說：「我忘了這裡還有另一個出口。」

候車室裡有一條走廊，通往聖馬丁路，葛尼瑪往前衝，及時看到波杜坐上轉了個彎開向雷弗利路，往來於巴提諾和植物園的雙層巴士頂層。他跑著追上了巴士，但是兩名警探卻沒有跟上，葛尼瑪只能獨自繼續跟蹤。

葛尼瑪怒氣高漲，幾乎想不顧一切地去拎住波杜的衣領。這個自比蠢材的傢伙根本是預謀設計，讓他不得不拋下兩名助手！

他盯著波杜看。波杜坐在椅子上打盹，腦袋左搖右晃，嘴巴半開，臉上的表情簡直是蠢到了極點。不，這個人不可能有能力將老葛尼瑪耍得團團轉，他只不過碰巧運氣好罷了。

波杜在拉法葉百貨商場的路口下車，改搭前往慕艾特的電車。葛尼瑪跟著他穿過了歐斯曼大道和雨果大道。波杜在慕艾特車站前方下車，走進了布隆尼森林。

他穿過一條條小徑，來回行走。他在找什麼呢？有沒有特殊的目標？

轉了一個小時之後，他似乎有些累，看到一張長凳就坐了下來。這個地方十分隱密，就在一個小池塘旁邊，四周有林樹圍繞。又過了半個小時，葛尼瑪終於按捺不住，決定上前攀談。

他往波杜身邊一坐，點了一支菸，用拐杖在沙地上劃著圈圈，然後說：

「天氣很涼啊。」

四周先是一片靜默，接著突然響起一陣爽朗輕快的笑聲，彷彿孩子般止不住的愉快笑聲。葛尼瑪只覺得頭皮發麻，他對這個可惡的笑聲簡直是再熟悉不過了！

葛尼瑪飛快地扯住男人的袖口，仔細又兇狠地盯著他看，謹慎的態度更勝於當初在法庭上對他的觀察，結果發現這個男人並非原來的波杜。他不再是外表所見的波杜，而是另一個真真實實的人物。

葛尼瑪在刻意偽裝的外貌中重新找出了羅蘋炯炯有神的雙眼，他消瘦的面容再也藏不住真正的肌膚，傻楞楞的嘴角下浮現出真正的嘴形。這根本是羅蘋的嘴臉，尤其是生動又帶著戲謔的表情，更是再明顯、再年輕不過了！

「亞森・羅蘋！亞森・羅蘋！」葛尼瑪結結巴巴，幾乎說不出話來。

他再也控制不住怒火，一把抓住羅蘋的脖子，急著想制伏他。探長雖然年屆半百，但仍然氣力過人，何況他的對手身體狀況看起來極差。如果他能帶回羅蘋，豈不是大功一件！

這番格鬥很快就結束。亞森・羅蘋出手防衛，葛尼瑪毫無招架之力，整個過程就和開始時一樣短暫。葛尼瑪感覺到手臂一陣酥麻，軟軟地垂了下來。

「如果警局好好地教了大家柔道，」羅蘋說：「您就會知道這個招術叫作鎖臂功。」

接著他冷冷地補上一句：「再給我一秒鐘，我就會折斷您的手臂，但是我不會這麼做。怎麼著，我敬重您是個老朋友，自動在您面前卸下偽裝，沒想到您竟然辜負我的信任！真是的……您這下要怎麼解釋？」

葛尼瑪沒有說話。他認為自己應當要為羅蘋的越獄負責，如果不是他出面做出這項匪夷所思的指認，司法單位也不會鑄成大錯。這是他警探生涯中的奇恥大辱，一滴老淚滑落他灰色的鬍邊。

「哎，天哪，葛尼瑪，您就別自尋煩惱了，就算您當初沒說話，我也會安排別人發言。得了，難道我能眼睜睜地讓戴西雷・波杜被判處徒刑嗎？」

「這麼說，」葛尼瑪喃喃地說：「在法庭上的人是你，在這裡的也是你！」

「是我，一直都是我，沒別的人。」

「這怎麼可能？」

「呵！根本就不必變魔術。就像我們那位好庭長所說的，只要十幾年的長期準備，就可以克服一切障礙。」

「但是你的臉孔和眼睛都變了個樣子？」

「您很清楚，我在聖路易醫院跟著亞特爾醫師工作了十八個月，這可不是為了對藝術的熱中。我老早就想到這個有幸自稱亞森・羅蘋的人，有朝一日得擺脫外貌和身分的限制。一個人的外貌是可以隨意改變的，比方說，在選定的部位注射石蠟，可以讓皮膚浮腫。焦棓酸會讓膚色變黑，白屈菜的汁液可以讓身上長出疹子和腫塊，效果好得不得了。有些化學方法能讓鬍子和頭髮快速生長，有些能夠改變聲音。另外，我在二十四號牢房裡節食了兩個月，拚命練習咧嘴做出傻楞楞的表情，外加彎腰駝背。最後，我在眼睛裡滴入五滴阿托品讓目光呆滯，便大功告成。」

「我不明白，獄卒……」

「這些改變是逐步漸進的，他們根本不可能注意到每天的變化。」

「這個戴西雷・波杜呢？」

「的確有波杜這麼一個人。我在去年遇見了這個可憐的傢伙，他和我也真的有些相像。我一向不排除自己被逮捕的可能性，所以預先將他藏匿在安全的地方。我先找出我們兩人長相不同的地方，然後盡力消弭這些差異。我找朋友安排他在拘留所裡關上一晚，接著和我大約在同一個時間放出來，製造出明顯的巧合。注意了，這個人的過去必須不難挖掘，否則，司法單位會開始質疑我的身分。一旦我將波杜這個完美的人選送到司法單位面前，不管將人犯掉包是件多麼不可能的任務，司法單位都會選擇相信，而不會承認自己有多麼無知。」

「沒錯，的確是這樣。」葛尼瑪低聲說。

「況且，」亞森·羅蘋大聲說：「我手上還有一張王牌。我從一開始就準備妥當了，所有的人都等著看我越獄。您和其他人都在這個節骨眼上犯下大錯。這是最精采的環節，我以我的自由作為賭注，和司法單位一搏。你們把我當成被成功沖昏頭的毛頭小子，不過是在自吹自擂罷了。亞森·羅蘋算是哪號人物！經過瑪拉奇堡的竊案之後，大家才發現，『如果亞森·羅蘋敢大肆聲張，應該是對越獄計畫胸有成竹。』這下，你們全都中計了，因為這套不必付諸行動的越獄計畫有個前提，就是要讓所有的人相信這件事絕對會在光天化日之下發生。亞森·羅蘋會越獄，不會出席這場審判。於是，當您站起身來說『這個人不是亞森·羅蘋』的時候，任何人都會深信不疑。當時，只要有一個人心中存疑，或是出面問『如果這個人真的是亞森・羅蘋呢？』，那麼，我當場立刻成了輸家。其實，如果您和其他人沒有先入為主的觀念，認定我不可能是亞森・羅蘋，無論我多小心掩飾，也會被認出來。但是我之所以可以放手去做，是因為不管在心理上或是邏輯上，都不可能有人會這麼想。」

他突然拉住葛尼瑪的手。

「您就承認吧，葛尼瑪，在您來桑德監獄探訪我之後的星期三，您是不是下午四點也在您家準時等著我赴約呢？」

「囚車又是怎麼一回事？」葛尼瑪閃閃躲躲，以問題代替回答。

「不過是個煙幕彈罷了！我有幾個朋友改裝了一輛報廢的囚車，然後拿來掉包，不過是想試試運氣。我早就知道，除非有特殊機會，否則這個計畫不可能成功。可是，我認為成功地執行這次越獄行動，只會助長我的聲勢。第一次的大膽計畫圓滿達成，可以事先拉抬第二次的聲勢。」

「那支雪茄……」

「我自己動的手腳。」

「紙條呢？」

「也是我寫的。」

「那名神祕的女性友人呢？」

「還是我，我可以隨意模仿各種筆跡。」

葛尼瑪想了一下，出聲抗議：「當我們查驗波杜的罪犯體貌特徵檔案時，怎麼沒有人發現他和亞森・羅蘋有相似之處？」

「因為你們根本沒有亞森・羅蘋的資料。」

「怎麼可能！」

「就算有，也是虛構的資料。我仔細研究過了。這些罪犯檔案中包括了目測（這點您也知道，不是百分之百可靠），以及頭形、指頭、耳朵等等特徵的丈量，這些丈量一樣無關緊要。」

「怎麼說？」

「只要付錢就可以成事。在我從美國回來之前，就已經買通了管理罪犯檔案的職員，輸入假造資料。這就足夠打亂整個建檔系統了，因此波杜的資料和亞森・羅蘋的紀錄不可能有任何雷同之處。」

葛尼瑪好一會兒沒有說話。接著他又問道：「現在你有什麼打算？」

「現在呢，」羅蘋說：「我要好好休息，回復我原有的面貌。化身為波杜或其他人沒什麼不好，這就像換衣服一樣，自己的性格、外貌、聲音、眼神以及筆跡都能改變，但是到最後，恐怕還是會迷失自己，這未免太傷感。事實上，我能夠體會失去自己的感受。我要出發去尋找自我……重新找回自己。」

他來回踱步。天色漸漸昏暗，他來到葛尼瑪面前，站定腳步。

「我們該說的話都說了，對吧？」

「是啊，」葛尼瑪探長回答：「我想知道你會不會說出這次越獄的真相……讓大家知道我犯下的大錯……」

「啊，不會有人知道被放出來的犯人就是亞森・羅蘋。讓這次堪稱神奇的越獄事件蒙上神祕色彩，對我只會有好無害。別擔心啦，老友，我得向您道再會了。我今天晚上要在城裡用餐，再拖下去會沒時間換衣服的。」

「我以為你想休息！」

「哎！有些應酬實在無法推卻。休息是明天的事。」

「你要上哪兒吃飯？」

「英國大使館。」

chapter 4

神祕旅人

我在前一天將汽車托運送往盧昂，準備搭火車到當地後取車，再和住在塞納河畔的朋友相聚。

這天在巴黎，就在火車開動的幾分鐘之前，有七個男人擁進了我搭乘的車廂裡，其中有五個人抽菸。儘管我搭乘的是普通快車，旅途不長，但是一想到有這些人為伴，難免還是感覺到不舒服，更何況列車是老式車廂沒有走道相通，只能從月臺上下，無處走動。於是我拿起大衣、報紙和火車時刻表，躲到隔壁的車廂裡去。

這個車廂裡坐著一名女性乘客，我注意到她一看到我，立刻顯得有些不愉快。有個男人陪著這位女士一同來車站，他站在車廂和月臺間的階梯上，顯然是她的丈夫，她俯身和他交談。這位先生在仔細打量我之後，顯然得到了滿意的結論，於是帶著微笑和妻子說話，彷彿在安慰受驚的孩童似的。接著她也帶著微笑，並且以和善的眼神看了我一眼，似乎認定我是個紳士，她可以安心和我在六呎見方的小車廂裡獨處兩個小時。

她的丈夫對她說：「親愛的，你可別生氣，我有個緊急會議，沒辦法繼續留下來陪你。」

他先溫柔地和她吻別，隨後才離開。這名妻子含蓄地透過車窗送出飛吻，還揮了揮手帕。

笛聲響起，火車開動。

就在這個時候，有個男人不顧列車人員勸阻，拉開門跳進我們這節車廂。與我同車的女乘客本來正站起身整理架子上的行李，突然尖叫了一聲，跌坐在椅子上。

我從來就不是個膽怯的人，但是我得承認這個人在最後一刻闖進車廂，的確惹人厭惡。這個舉動十分可疑，顯得刻意，其中一定有預謀，否則……

來者的外貌和舉止緩和了方才帶來的惡劣印象。他幾乎稱得上優雅，領帶頗有品味，手套很乾淨，臉孔也顯得活力十足。然而，我有一種感覺，似乎曾經在哪裡看過這張面孔。不過這個可能性微乎其微，我從來沒見過這個人。正確的說法應該是我曾經多次見過這個人的照片，卻沒有見過本人。我覺得沒有必要繼續費力回想，這份記憶實在是太模糊了。

我轉而將注意力放到同車廂的女士身上，驚訝地發現她臉色蒼白、神情緊張。她帶著驚恐的表情，凝視與她同坐一側的男人，我看到她正要伸出顫抖的雙手，慢慢移向椅子上離她身邊二十公分遠的旅行袋。一待碰觸到旅行袋，她立刻緊張地將袋子拉至自己身旁。

她緊盯著我看，我發現除了緊張之外，她還顯得相當不舒服，因此我忍不住問她：「夫人，您不舒服是嗎？我幫您把窗戶打開好嗎？」

她沒有回答，而是害怕地比了個手勢，原來是另一名乘客教她擔心。我學她的丈夫對她微笑，然後聳聳肩，藉這個姿勢安慰她，讓她知道我會注意，更何況這個人看起來並不具危險性。

這時，男人轉過頭來上下打量我們，然後靜靜地縮在自己的角落裡。

一陣沉默之後，那位女乘客似乎用盡了全身的力量，用低到幾乎無法察覺的聲音對我說：「您知道誰也在列車上嗎？」

「誰？」

「就是他……他……我相信就是他。」

「他是誰？」

「亞森．羅蘋。」

她的視線一直沒有離開過另一名旅客，顯然這幾個字眼是衝著他而來，而不是我。

他壓低帽簷蓋住鼻子：這是為了遮掩他的不安，或只是想睡了呢？

我提出異議：「亞森．羅蘋因為在昨天的審判上缺席，被判處二十年的勞役。他不可能這麼魯莽，敢在今天出現在大庭廣眾面前。再者，報紙上不是說，自他從桑德監獄逃脫之後，這個冬天有人在土耳其發現他的蹤影嗎？」

「他就在這列火車上。」女士又說了一次，清楚地想讓另一名乘客聽到我們的對話，「我丈夫是典獄事務的次長，負責火車站安全的警察局長親口對他說，他們正在尋找亞森・羅蘋。」

「沒道理……」

「有人在帕貝度大堂（車站大廳）裡看到他，他買了張前往盧昂的頭等艙車票。」

「當時如果想逮住他，應該不是什麼難事。」

「結果他失蹤了。守在候車室門的查票員沒看到他，不過大家猜他應該是從郊區的月臺上車，搭乘晚我們十分鐘出發的特快車。」

「如果是這樣，他就逃不出警方的羅網。」

「但是如果他在最後一刻跳下特快車，搭上這列火車呢？這不無可能，一定是這樣，是嗎？」

「假若真是如此，大家就會在這列火車上逮住他。因為站方和警方會仔細查看每一列火車，所以，等我們一到達盧昂，一定能好好迎接維蘋。」

「迎接他？想都別想！他一定會找到法子逃脫。」

「果真如此，我也只能祝他一路順風。」

「但是在這之前，他可以為所欲為！」

「比方說什麼事呢？」

「我哪兒會知道？任何事都有可能發生！」

她的情緒非常激動，事實上，這個情況確實讓人難以冷靜看待。

即使是我，也幾乎受到了影響，我對她說：「的確有些難以解釋的巧合……但是，請您先鎮靜下來。如果亞森．羅蘋真的在這列火車上，他一定不會輕舉妄動，他寧願避開風險，也不願招來更多敵人。」

我的說法全然無法安撫她，但是她沒有再繼續說話了，可能是擔心自己太過冒失。

至於我呢，則翻開報紙，開始讀起有關亞森．羅蘋那場審判的報導。報導中全是大家早已耳熟能詳的內容，實在引不起我的興趣。此外，由於昨晚沒睡好，我十分疲倦，不但眼皮沉重，頭也跟著往下垂。

「哎，這位先生，您可別睡著。」

那位女士拉扯我的報紙，氣沖沖地瞪著我看。

「當然不會，」我回答：「我一點也不想睡。」

「您別再這麼不小心了。」她對我說。

「我不會再犯的。」我回答。

我努力抵抗睡意，看著窗外的風景，以及劃過天際的烏雲。很快地，我眼前的景象越來越模糊，焦慮的女士和沉睡的男子從我的腦海中退去，我進入了夢鄉之中。

我斷斷續續地作著夢，某個叫作亞森．羅蘋的傢伙潛入城堡內，搬空值錢的物品，背上還扛著一袋寶藏。

然而這個人影越來越清晰，他並不是亞森．羅蘋。他向我走過來，身形越來越龐大，身手靈活地跳進了車廂裡，直接撞到我的胸口。

我感覺到一陣劇痛……隨之而來的還有一聲尖叫。我醒過來，發現同車廂的男人用膝蓋頂住我的胸口，掐住我的喉嚨。

我的雙眼充血，視線越來越模糊，我隱約看見同車的女士蜷縮在角落裡，幾近崩潰。我完全沒有試圖抵抗，再說，我也沒這個力氣，因為我的太陽穴鼓漲，幾乎無法呼吸，大聲喘著氣，再過個一分鐘，我就會窒息。

這個男人一定也察覺到我的狀況，於是放鬆雙手的力道。他沒有放開雙手，而是用右手拿起早已準備好的繩結，俐落地套住我的雙手。沒花多少時間，我的手腳就被綑了起來，還被封住了嘴，整個人動彈不得。

他的動作敏捷熟練，簡直稱得上是犯罪這一行的頂尖好手。在整個過程當中，他一言不發，絲毫沒有遲疑，態度冷靜而且大膽。而我亞森．羅蘋竟然被綑在座椅上，活像個木乃伊！

這的確好笑，雖然情況危急，但是我仍然覺得整件事既諷刺又有趣。亞森・羅蘋竟然像個初出茅廬的毛頭小子，栽了個大筋斗！我被洗劫一空——這是當然的，這個匪類搶走了我的錢包和文件夾。亞森・羅蘋成了慘遭劫掠的受害者，這簡直稱得上是奇遇一樁！

接下來只剩下那位女士了。男人對她不屑一顧，心滿意足地搜刮放在地上的行李，掏出裡面的金銀珠寶和錢包。女乘客睜開一隻眼睛，渾身打顫，脫下戒指交給搶匪，免得讓他自己動手。他接下戒指，看了她一眼，沒想到她立刻昏了過去。

男人一直沒有說話，放過我們，冷靜地坐回位置上，點了支菸，凝神檢視這次的收穫，似乎頗為滿意。

我就沒有那麼高興了。我難過的不是他從我身邊拿走的一萬兩千法郎（真可惜，我成了過路財神），因為我相信我很快就能拿回這筆錢，以及我放在文

件夾裡的重要文件：計畫書、估價單、地址、聯絡人名單和往來信件。我所擔心的，是這件事究竟會有什麼發展。

大家推想得並沒有錯，我沒有忽略自己在聖拉薩車站引起的騷動。我化名為季詠．貝拉，周旋在一群朋友之間，這些人時常拿我和亞森．羅蘋的相似之處來開一些無傷大雅的玩笑，因此，我沒有易容，也才會引起旁人的注意。此外，有人注意到了一個男人從特快車跳到這列普通快車上。這個人如果不是亞森．羅蘋，那會是誰？因此，盧昂的警察局長勢必會接獲電報通知，而後帶著不容小覷的警力，守在列車抵達的月臺上，盤問每一名可疑的乘客，並且仔細檢視每一節車廂。

我早就料到這種狀況，也不太擔心，因為盧昂的警察人員一定不會比巴黎警方更幹練，我自有辦法躲閃。稍早在聖拉薩車站我隨手掏出的那張議員名片唬過了查票員，這次，我只消在出口處如法泡製，就可以安全過關。但如今事態丕變，我沒辦法自由行動，不可能施展一貫的招數。到時候，警察局長會巧獲至寶，在車廂裡找到被五花大綁的怪盜羅蘋，簡直和溫馴的小綿羊沒有兩樣，乖乖任人宰割。他只需要像收下裝著野味和蔬果的包裹一樣，在車站等待，就可以不勞而獲地立下大功。

我該怎麼做，才能扭轉這般頹勢？

這列普通快車直接開往盧昂，不會停靠維濃聖皮耶。

此外，有個與我沒有直接關係、卻讓我十分好奇的問題：車廂這名乘客的真正目的是什麼？

假如我獨自一人行動，在盧昂絕對會有充裕的時間下車。但是同車廂的女士呢？她現在既安靜又沒有掙扎，但是只要車廂門一打開，絕對會放聲呼救！

這就是我不懂的地方了。他為什麼不將她和我一樣綑綁起來，好讓自己在犯下雙劫案之後能夠從容逃逸？

他仍然抽著菸，雙眼緊盯著終於斜斜落下的雨絲。其間，他一度轉過頭來，拿起我的火車時刻表查詢。那位女乘客強裝昏迷，想讓敵人放下戒心，但是煙霧嗆得她忍不住輕咳，讓她露出了馬腳。

至於我呢，我一點也不舒服，開始全身痠痛。我得好好思考……得想出個妙計解套……

列車經過了亞曲橋、瓦塞爾，持續迅速往前行進。

我們經過了聖德田……這時候，男人站起身來，向我們跨出兩步，女乘客一看到他的動作，不禁脫口尖叫，然後結結實實地昏了過去。

他有什麼目的？他拉下我們這側的車窗，雨勢越來越大，他顯然沒帶雨衣或雨傘，因此才開始煩躁。他望向行李架，看到了女乘客的雨傘。他拿起傘，也拿起我的大衣穿在身上。

列車橫越塞納河，這時他捲起褲腳，接著俯身拉起車廂門外側的拉栓。難道他想跳到鐵軌上？以列車行進的這種速度，這無疑是送死。接著，我們進入了聖凱薩琳隧道，男人再次拉開門栓，伸出腳探向第一階車梯。他簡直是瘋了！隧道內十分陰暗，加上廢氣和噪音，讓男人的舉動蒙上一層詭異的感覺。突然間，火車開始減速，煞車系統發揮作用，輪子速度逐漸減緩。沒多久，車速更慢了些。顯然這幾天以來，隧道內正在施工，男人知道火車必定會減速。

他將另一隻腳踩上第二階車梯，輕鬆離開，最後還不忘扣回拉栓，關上門。

他前腳才剛離開，光線就亮了起來。火車駛離隧道進入山谷，只再通過一處隧道，就將抵達盧昂。

那位女士一回過神來，便開始哀嘆起自己的損失。我拚命向她使眼色，她才醒悟過來，動手為我拉開塞住嘴巴的手帕，並且想為我解開綑繩，但是我趕忙阻止她。

「不，不要，我們得保留現場，以便警方調查。我要他們目睹這個罪犯的惡行。」

「要不要拉警鈴？」

「不，太遲了，在他攻擊我的時候早就該拉了。」

「但是這麼一來，他可能會殺了我！這位先生，我早已告訴過您，他就在這列火車上！我一看到這個男人，就想起我看過的照片，立刻認了出來。現在，他帶著我的珠寶跑了。」

「警方一定會找到他的，您不必擔心。」

「想找到亞森．羅蘋嗎？那是不可能的任務！」

「這全憑您的決定了，女士。聽我說，我們一到達盧昂之後，請您站到門邊大聲呼叫。警察和站務人員一定會立刻趕過來。這時，您就說出這段經歷，別忘了提起我遭到脫逃的亞森．羅蘋攻擊。您得把他的外貌、穿著都告訴警方，他戴了一頂軟帽，拿著您的雨傘，身穿灰色的合身大衣。」

「您的大衣。」她說。

「怎麼會是我的？當然是他的。我沒穿大衣。」

「他上車的時候，好像沒穿大衣。」

「有，絕對有，除非有人把大衣忘在行李架上。不管怎麼說，他下車的時候確實身穿大衣，這才是重點。那是一件灰色的合身大衣，您要記好。啊，我忘了，您在一開始就要報上自己的名字。大家一聽到您丈夫的職位，一定會更加努力辦案。」

我們終於到達車站，她靠向車門。為了讓她記住我的話，我拉高嗓門，用近乎命令的語氣說：「還要報出我的名字——季詠・貝拉。如果有必要，就說您認識我，得讓警方立刻展開初步調查，最重要的，就是去追捕大盜亞森・羅蘋……還有您的珠寶。記得吧，季詠・貝拉，和您的丈夫是朋友。」

「知道了，您是季詠・貝拉。」

她用力地揮手，並大聲喊叫。火車還沒停妥，一個男人就帶著好幾名隨員跳進車廂，關鍵時刻終於到來。

這位女士上氣不接下氣地大聲說：「亞森・羅蘋……他攻擊我們……搶走我的珠寶。我是賀諾夫人……我丈夫是負責典獄事務的次長……啊，這不是我哥哥喬治‧亞岱嗎？他是盧昂信貸銀行的總經理……你們一定認識他……」

她擁抱來到車廂裡的年輕人，警察局長向他行禮致意，挽著她繼續說：

「對，就是亞森‧羅蘋……當時這位先生睡著了，羅蘋一把掐住他的脖子。這位貝拉先生是我丈夫的朋友。」

警察局長問道：「亞森‧羅蘋人在哪裡？」

「火車經過塞納河之後，他就在隧道裡跳下車了。」

「您確定他就是亞森‧羅蘋？」

「怎麼可能不確定！我一眼就認出他了，更何況在聖拉薩火車站裡也有人認出他。他戴了一頂軟帽。」

「不，是一頂硬式絨帽，就像這邊這頂一樣。」局長指著我的帽子說。

「我確定是一頂軟帽，」賀諾夫人再次重申：「和一件灰色的合身大衣。」

「這倒是，」局長喃喃地說：「電報上的確提到了，是黑絨翻領款式的灰色合身大衣。」

「就是黑絲絨翻領。」賀諾夫人得意洋洋地說。

我鬆了一口氣。啊！我這位朋友真是值得誇獎！

警方的探員為我鬆綁。我用力抿咬嘴唇，讓血水流了出來。我彎著腰，用手帕掩著嘴巴，表現出遭綑綁太久因而肢體僵硬的姿態，臉上還帶著血跡。我用微弱的聲音對警察局長說：「局長，錯不了，他就是亞森・羅蘋……我應該可以幫上一點忙……」

站務人員先脫卸下這節車廂，以便警方蒐證，列車於是繼續開往哈佛港。我們穿越月臺上好奇的圍觀群衆，來到站長室。

這時，我開始猶豫。我只要隨便找個藉口，就可以與開車來接我的朋友會合，然後光明正大地離開。等待只會招來危險。假如有些許閃失，或是巴黎那邊再拍封電報過來盧昂，那麼我將會難以脫身。

這個想法的確沒錯，但是，搶我的匪徒又當如何處理？這裡並非我熟悉的地盤，也沒有熟人接應，要找到他，簡直是難上加難。

「這樣吧，試試看好了，」我這樣對自己說，決定留下來靜觀其變，「這場鬥智遊戲的贏面不大，但自有其趣味之處！值得賭賭看。」

當警方要我們重新作證的時候，我大聲說：「局長，亞森・羅蘋已經取得了先機。我的車就停在車站前面，如果您願意搭我的車，我們可以試著……」

局長露出幹練的笑容，說：「這個提議不錯，其實我們已經開始調查了。」

「啊！」

「沒錯，先生，我方才派出了兩名手下騎腳踏車去搜查，他們已經離開好一會兒了。」

「但是，他們去哪裡找人？」

「到隧道的出口處。他們先去蒐證，尋找證物和證人，然後再據以追蹤亞森・羅蘋。」

我忍不住聳了聳肩膀。

「這兩名警探一定找不到線索或證人。」

「真的嗎？」

「亞森・羅蘋絕對早就安排妥當，不可能讓人瞧見他走出隧道。他會朝最近的道路前去，然後再從那裡……」

「從那裡到盧昂來，落入我們的掌心。」

「他不會到盧昂。」

「那麼，如果他留在附近，對我們更有利……」

「他也不會留在附近。」

「那這麼一來，他要躲到哪裡去？」

我掏出懷表。

「這個時候，亞森・羅蘋一定在達奈塔火車站一帶。十點五十分——也就是二十二分鐘之後，他會搭上由盧昂北站出發的火車，前往亞緬。」

「這樣嗎？您是怎麼知道的？」

「簡單！亞森．羅蘋稍早在車廂裡查閱過我的時刻表。他為的是什麼？是不是在他跳車地點不遠的地方還有另一條火車路線、另一處車站，以及即將停在這個車站的列車？於是我也查閱了時刻表，這才知道。」

「先生，您的推理真有道理。太高明了！」

由於習慣使然，讓我犯下一個錯誤，表現出了自己的能力。局長驚訝地看著我，我察覺到他似乎起了疑心。喔，這其實不太可能。由司法單位寄發到各地的那些亞森．羅蘋照片都不夠清楚，他不可能認出站在他眼前的人正是我。但是，他仍然有些困惑和遲疑。

好一會兒，渾沌曖昧的局面使得大家都沒有說話，而我則是感覺到一陣困窘。我的運勢會不會瞬間跌入谷底？我穩住情緒，露出笑容。

「老天才曉得為什麼！我急著想找回被他搶走的皮包，這才茅塞頓開了！如果您願意派兩名探員和我同行，我們可以一起……」

「喔！拜託您，」賀諾夫人大聲說：「局長，就照貝拉先生的話去做吧！」

我這位好朋友的話帶來了決定性的效果。她的丈夫深具影響力，由她的口中說出貝拉這個名字，無異證實我的身分，打消了所有人心底的疑慮。局長站起身子說：「貝拉先生，相信我，我希望您能成功。我和您一樣，也想逮捕亞森・羅蘋。」

他陪著我走到我的車邊，為我介紹兩名警探。歐諾賀・馬索和賈斯東・戴立維坐進車子裡，由我負責駕駛。機械工幫忙發動了手搖引擎，沒過多久，我們離開車站，我心中的大石也終於落地。

啊！我得承認，駕駛這輛三十五匹馬力的汽車馳騁在諾曼第這座古城的街道上，我心裡實在驕傲。和諧悅耳的引擎聲隆隆作響，左右兩側的樹木往後退去。我脫離了險境，自由無慮，現在只剩下手邊小小的恩怨尚待解決，況且，還有兩名正直的警察跟在我身邊提供協助。亞森・羅蘋上路了，要去追捕亞森·羅蘋！

歐諾賀·馬索和賈斯東·戴立維這兩位維持社會正義的公僕，對我幫助匪淺！如果沒有這兩個人，我該如何是好？我會在多少處路口迷路？如果沒有他們，亞森·羅蘋可能會走錯方向，讓另一個羅蘋逃之夭夭！

但是，事情還沒有落幕，還早得很。首先，我得逮住那名搶匪，找回他從我這裡搶走的文件。無論如何，絕對不能讓我這兩個助手看見那些資料，更不能讓他們拿到文件。我要利用他們，又得避開他們的耳目，執行起來可不省力。

我們好不容易趕到了達奈塔火車站，火車卻已經在三分鐘之前離站。當我們得知有個身穿黑絨翻領合身灰色大衣的男人，拿著前往亞緬的車票搭上二等車廂的時候，我心裡十足安慰。看來，這次的牛刀小試，可以成為我未來調查事業的好開端。

戴立維對我說：「這列火車是特快車，十九分鐘之後會在蒙特羅利—比西進站。如果我們不能搶在亞森・羅蘋之前抵達，他會一路去到亞緬。火車行至克萊爾之後會有叉道，可以通往迪耶普或是巴黎。」

「蒙特羅利離這裡有多遠？」

「二十三公里。」

「用十九分鐘時間趕二十三公里路程……我們會比他早到。」

精采的一刻到了！我難以壓抑興奮的心情，猛踩汽車油門，加速前進。我似乎毋須透過操縱桿，就可以直接和愛車溝通，形同一體。而我的愛車也能感覺到主人的執著，體會我對這個卑鄙小人的怒意。騙徒！我能不能制伏他？這回，我化身成為司法體制，他會不會再一次將這個體制玩弄於股掌之間？

「右邊！」戴立維高喊：「往左！……直走！……」

車輪滑過路面，路面的里程標誌彷彿受驚的小動物一般，待我們接近，就立即往後退開。

突然間，我們看到公路的轉角處竄起一股白煙，那就是北上的特快列車。

我駕著汽車，和火車並肩競速前進，這場比賽的勝負早有定數，終點十分明確。我們領先了二十個車身，搶先到達車站。

我們在短短幾秒鐘內便奔上月臺，等在二等車廂的前面。車門打開，幾名乘客陸續下車，卻沒看到打劫我的搶匪。我們進車廂檢查，仍然沒有找到亞森．羅蘋。

「該死！」我大喊，「他八成是看到我開著車和火車並肩前進，認出了我來，於是又再次跳車逃跑。」

列車長證實了我的推測，他看到一個男人在距離車站約兩百公尺的地方，滾落鐵軌邊的斜坡。

「看，那裡……他正在穿越平交道。」

我領著兩名警探往前衝，不，應該說只有一名警探跟在我身後，因為馬索警探腳力奇佳，加上衝勁十足，沒多久就拉開距離跑在我們前面，逼近搶匪。搶匪一看到他，立刻翻過圍籬爬上斜坡。我們在遠處只看到他躲進一處小樹林當中。

馬索警探在樹林前方等待我們到達。他擔心我們跟不上，於是沒有繼續追進林子裡去。

「親愛的朋友，做得好！」我對馬索說：「經過這番追逐，我們的嫌犯現在應該早已氣喘吁吁，我們一定能輕鬆逮住他。」

我檢視周遭環境，一邊思索該如何獨自逮捕這個傢伙，奪回文件，免得到頭來，我自己又再次落入司法單位的手中，接受那些令人難以忍受的盤詰。接著，我回到兩名同伴的身邊。

「好，這很容易。馬索警探，您往右走，戴立維警探請往左側推進。兩位從自己的位置守住樹林，如果他想出來，你們一定會看到。我守在這條窪路上，如果他不出來，我就進去。如此一來，他一定會朝你們的方向跑過去，你們只要守株待兔就行了。啊！我差點忘了，如果有任何情況，請鳴槍示警。」

馬索和戴立維分頭往自己的位置前進。他們一離開，我就小心翼翼地走進樹林裡，避免發出任何聲響。這是一片供打獵用的矮樹叢，裡面的小徑狹窄，只能在濃密的林蔭下彎腰行走。

有條小徑通向林中空地，潮濕的葉片上有一排腳印。我謹慎地跟著腳印往前走，以免滑落斜坡，最後，我來到山腳下一處半倒的農舍邊。

「他應該在這裡，」我心裡想，「拿這個地方當觀察據點很理想。」

我匍匐來到農舍旁邊，耳邊聽到一個聲音，於是確定他就在裡面。我透過一道缺口，看到他背對著我躲在農舍裡。

我大步向他衝過去，他企圖擊發手中的左輪手槍。我沒給他開槍的機會，直接將他壓倒在地上，雙手反扣背後，接著我用膝蓋抵住他的胸口。

「你這傢伙，給我聽好了，」我湊在他耳邊說：「我是亞森．羅蘋。乖乖交出我的文件夾和那位女士的珠寶袋，如果你聽話，我保證不會把你交到警方手中，說不定還可以交個朋友。由你決定，好或不好。」

「好……」他低聲說。

「那最好。你今天早上的行動計畫算得真精準，我們一定可以好好相處。」

我站起身來，結果他竟然伸手從口袋裡掏出一把刀，想要攻擊我。

「蠢材！」我大聲斥喝。

我用一隻手阻擋他的攻擊，另一手劈向他的頸動脈，他立刻倒地不起。

我找出了自己的文件夾，文件和鈔票都還在裡頭。接著在好奇心的驅使之下，我拿起他的皮夾檢查。裡面有一封寄給他的信，我看到了他的名字——皮耶・翁弗立。

我不禁打了個冷顫。發生在奧圖區拉封丹街的殺人命案，不就是皮耶・翁弗立下的手！皮耶・翁弗立殺害了戴布瓦夫人和她的兩個女兒。我彎腰凝視他，沒錯，就是這張臉。當時在車廂裡，我記得自己依稀在何處看過這張臉孔。

時間有限，我拿出一只信封，在裡面裝了兩張百元鈔票和我的名片，並且草草寫下：「亞森・羅蘋謹此向歐諾賀・馬索和賈斯東・戴立維表達誠摯謝意。」

我把信封放在農舍裡的顯眼處，把賀諾夫人的珠寶袋擺在一旁。我怎麼可能昧著良心，不將珠寶歸還給這位曾經拯救我的好朋友呢？

但是我還是得承認，我取走了裡面值錢的東西，只留下一只玳瑁梳子和空錢包。真是的！公事公辦嘛！況且，我得老實說，她丈夫的職業著實不值得敬重！

接下來，只剩下這個男人了。他慢慢恢復神智了，我該怎麼辦呢？我沒必要決定他的生死。

我拉起他握著槍的手，對空鳴放了一槍。

「那兩個人馬上會過來，」我心想，「讓他們自己處理吧！船到橋頭自然直。」接著我沿著窪路往回跑。

一路來到這個樹林的時候，我就注意到旁邊有條叉路。我沿著叉路走，二十分鐘之後回到愛車邊。

下午四點鐘，我發了一封電報給我在盧昂的朋友，說明臨時發生一些狀況，我只能延期拜訪。說句心裡話，如今他們得知實情，恐怕此趟拜訪只能無限期地往後延了。對他們而言，這無異是殘酷的幻滅！

下午六點，我沿途經過亞當島、翁亙，穿過必弩門，回到了巴黎。

我在晚報上讀到警方終於成功追捕到皮耶·翁弗立。

第二天，《法國迴聲報》刊登了一篇精采報導（各位千萬別忽視文字宣傳的重要性）：

在亞森·羅蘋的運籌帷幄之下，歷經幾番波折，殺人犯皮耶·翁弗立昨日終於到案。這名在拉封丹街犯下殺人罪行的匪徒，在由巴黎開往哈佛港的列車上搶奪了賀諾夫人的財物。賀諾夫人的夫婿是負責典獄事務的次長。亞森·羅蘋不但爲賀諾夫人找回了珠寶袋，還慷慨地餽贈獎金給協助追捕的警方探員。

chapter 5

遲來的福爾摩斯

「怪怪，維蒙，您長得和亞森．羅蘋還真像！」

「您認識他啊！」

「哈！我和全世界的每個人一樣，都拜見過他的玉照。他的面貌雖然張張不同，但是臉上卻總有相似的線條……就和您的一樣。」

奧瑞斯．維蒙顯得不怎麼高興。

「可不是嗎，親愛的德凡？相信我吧，您不是第一個這麼說的人。」

德凡繼續說：「您有我表兄艾斯特方的大力推薦，加上我十分景仰您這位知名畫家的海景作品。若不是這樣，我還真打算通知警方，告訴他們您在迪耶普出沒呢！」

這番俏皮話引起哄堂大笑。在堤貝曼尼堡偌大的飯廳裡，除了維蒙之外，在座的還有村裡的傑利斯神父，以及十來位駐紮在附近準備演習的軍官。大家都是應銀行家喬治・德凡和他母親的邀請，來城堡作客。

一位軍官說：「自從羅蘋在由巴黎開往哈佛的快車上出現之後，警方難道沒有在這一帶公布羅蘋的長相嗎？」

「有，那是三個月前的事了。在快車事件的一個禮拜之後，我在俱樂部裡結識了維蒙這位傑出的畫家，有幸幾次邀他來城堡作客。這應該當成羅蘋在未來哪一天——或是哪一夜前來探訪城堡的序曲吧！」

大家哈哈大笑，一群人接著來到過去作為守衛室的大廳。這間挑高的大廳佔據了吉壅塔一樓整個樓面，喬治・德凡把堤貝曼尼堡歷代堡主蒐集得來的寶藏全都擺放在這裡。大廳裡除了有好幾座古董大櫃和大小燭臺之外，石牆上還掛著精美的壁毯。廳裡的四扇大拱窗都砌有深深的窗臺，窗面拼貼著彩繪玻璃。入口和左邊的窗戶之間有一座文藝復興風格的大書櫃，櫃頂正面的山形裝飾上鐫刻著「堤貝曼尼」幾個金字，下面是這個家族的座右銘：「**隨心所欲**」。

大夥兒點起雪茄，德凡繼續方才的話題，「只是啊，維蒙，您得把握時機，只剩下一個晚上的時間了。」

「為什麼？」這位畫家以玩笑的態度看待這件事。

德凡正要回答，他的母親卻作勢制止，但是晚宴的氣氛熱鬧，加上他想娛樂賓客，因此仍然繼續說。「呵！」他壓低聲音，「我現在可以說了，沒有必要神神祕祕的。」

大家興致勃勃地圍坐在他的身邊，他像宣布重要新聞一樣，帶著滿意的態度說：「明天下午四點鐘，鼎鼎大名的解謎高手，彷彿小說人物般的英國神探夏洛克．福爾摩斯先生將要到城堡作客（此角色的原文實為Herlock Sholmès，但眾所皆知他影射的是神探福爾摩斯）。」

大家開始鼓譟。福爾摩斯要到堤貝曼尼堡來？這是真的嗎？亞森．羅蘋真的在附近出沒？

「亞森・羅蘋和他的黨羽應該就在附近。除了卡洪男爵事件之外，這個國家級的江洋大盜還在蒙堤尼、古盧榭，以及葛拉斯維爾等地行竊。今天終於輪到我了。」

「您也和卡洪男爵一樣，事先接到了通知嗎？」

「同樣的伎倆不可能三番兩次得逞。」

「所以呢？」

「所以啊，事情是這樣的。」

他站起身來，指著書櫃，在兩本厚重的書籍之間有一個空隙。

「這個位置本來擺放了一本十六世紀的古書，書名是《堤貝曼尼編年史》，記載城堡的歷史，年代可以追溯到羅蘭公爵，當年就是公爵在封建堡壘的原址建造了現在的堤貝曼尼堡。書中有三幅版畫，第一幅是整座城堡的鳥瞰圖，第二幅是城堡建築藍圖，第三幅呢，請各位特別注意了，則是地道圖。地道的一邊出口在城堡的外面，另一邊出口就是各位目前所在的大廳。這本古書在上個月就不見了。」

「糟了，」維蒙說：「這恐怕不是好兆頭。但是光憑這一點，應該還不足以勞動福爾摩斯。」

「的確如此，倘若不是接下來的事，古書失竊也不值得一提。國家圖書館裡收藏了另一本《堤貝曼尼編年史》，兩本書對於地道細節的敘述略有差異，比方說地道的立面圖和比例，以及一些註解等等。這些註記並不是印刷在書本上，而是以墨水書寫，因此多多少少有些模糊或破損。我知道兩本書上的這些差異，也知道除非將兩張圖放在一起仔細對照，否則很難找出地道的正確位置。結果，在我這本編年史遭竊的第二天，有人到國家圖書館裡借出了館藏的編年史，最後書籍卻莫名其妙地不知下落。」

他說完話，有幾位賓客忍不住驚呼出聲。

「如此一來，事態就嚴重了。同時，」德凡說：「警察也著手調查，不過沒有任何結果。」

「就和其他亞森·羅蘋策劃的案子一樣。」

「的確。就是這樣，我才會想到要請名偵探福爾摩斯出馬，而且他也爽快地答應，準備迎戰怪盜亞森·羅蘋。」

「亞森·羅蘋真是三生有幸！」維蒙說：「但是如果您口中這位國家級大盜對城堡沒有非分之想，那麼福爾摩斯豈不就白跑一趟？」

「為什麼呢？您方才不是說過，地道的出入口一邊在城外，另一邊就在這間大廳裡嗎？」

「他之所以願意出馬，還有另一個原因：他想要找出地道的位置。」

「大廳的什麼地方呢？版畫上用了一道線條來代表地道，出口處只畫了一個圓圈，旁邊寫了『T.G.』兩個字母。這兩個字母一定是代表吉壅塔。但吉壅塔本身就是圓形的建築，有誰能確定版畫上的圓圈究竟指哪裡？」

德凡點起第二支雪茄，還為自己倒了杯甜酒。大家繼續追問著，他面帶微笑，對於自己製造出的效果能夠引起眾人的注意，顯得十分滿意。

他終於開口：「這個祕密失傳已久，沒有人知道。傳說歷代堡主在死前的最後一刻才在床邊口耳相傳，告訴下個繼承人。但是最後一代繼承人喬佛瑞在大革命時期的共和二年一月七日死於斷頭臺上，當時他只有十九歲。」

「到現在都已經超過一個世紀了，難道沒有人找過嗎？」

「有人找，但卻不曾找到。至於我呢，當我從國民公會議員黎爾布的曾姪孫手中買下城堡的時候，也僱了一批人大費周章地尋找。但是，有什麼用呢？想想看，這座塔樓的周邊環水，與城堡僅以一條走廊相連，因此地道必定是在舊護城河的下方。根據收藏在國家圖書館的那幅版畫看來，地道有四排共四十八階的樓梯，我們由此推斷地道離地面至少有十公尺深。另外，根據我這幅版畫的縮放比例推算，地道的長度大約有兩百公尺。解答就在我們身邊的天花板、地板和牆面之間，但是我可不願意拆掉塔樓來找答案。」

「沒有任何線索？」

「沒有。」

傑利斯神父持相反意見：「德凡先生，我認為我們應該研究那兩句引述的話。」

「啊！」德凡笑著說：「傑利斯神父熱中研究檔案和回憶錄，任何與堤貝曼尼堡相關的資料都能引起神父的興趣。但是神父提到的那兩句話，只會讓事情更添神祕。」

「說說看吧！」

「大家真的想知道？」

「非常想。」

「神父曾經在某處讀到，有兩位法國國王解開過謎團。」

「哪兩位國王？」

「亨利四世和路易十六。」

「這兩位國王都不是泛泛之輩。神父怎麼知道的呢？」

「喔！很簡單，」德凡繼續說：「亨利四世在阿爾克戰役的前夕曾經來過城堡，在這裡用膳過夜。當天晚上十一點鐘，愛德加公爵帶來了諾曼第最美麗的女人露易絲．坦卡維前來謁見國王，當時走的就是地道，也因此才揭露了家族祕密。亨利四世後來把這個祕密告訴他的大臣蘇利。蘇利在回憶錄裡頭曾經提起此事，他沒有任何評論，但是卻留下一句讓後人百思不解的句子：『斧頭旋轉，拉動空氣，一旦展翅，則可直達天主。』」

好一會兒，大家都沒有出聲。維蒙笑著說：「真是越說越糊塗了。」

「可不是嗎？依傑利斯神父的推斷，是蘇利想要記下謎底，但是又不想讓幫他謄寫回憶錄的文書人員知道祕密。」

「這個推斷很合理。」

「我也這麼想，但是什麼『斧頭旋轉、展翅飛翔』又該怎麼解釋？」

「還有，誰要直達天主？」

「真是深奧。」

維蒙繼續說：「那麼，路易十六呢？他也接待過從地道走出來的女子嗎？」

「這我就不知道了。我只曉得在一七八四年的時候，路易十六曾經在堤貝曼尼堡住過，有人從在羅浮宮找到的鐵製盔甲內，發現了國王親手寫的紙條，上面寫的是：『堤貝曼尼，二——六——十二』。」

奧瑞斯・維蒙笑了出來。「太妙了！迷霧漸漸散開，二乘以六不就等於十二嗎？」

「維蒙先生，您儘管笑，」神父說：「但是解答可能就藏在這兩句話裡頭，有朝一日，總會有人揭開謎底。」

「福爾摩斯會是第一位，」德凡說：「除非亞森・羅蘋能夠搶得先機。維蒙，您怎麼看？」

維蒙站起身來，一隻手搭在德凡的肩膀上說話：「我認為，本來除了您書櫃上的編年史和圖書館的藏書之外，最重要的線索並沒有出現。現在，您好心地將線索提供給我，我得向您道謝。」

「這是說……」

「這是說，現在我知道斧頭在空中盤旋，小鳥展翅脫逃，加上二乘以六等於十二，我得趕緊上工了。」

「一分鐘都浪費不得。」

「正是如此！我難道不是應該在今天晚上，也就是福爾摩斯駕臨的前一個夜裡，到府上行竊嗎？」

「好好把握時間。您要我載您一程嗎？」

「到迪耶普？」

「是的，到迪耶普。我順道去接昂朵夫婦和他們朋友的女兒，火車會在午夜抵達迪耶普。」

德凡對幾位軍官說：「各位，我們明天在這裡共進午餐好嗎？你們一定要來，反正軍團要包圍城堡，在十一點鐘進行演習。」

軍官欣然接受了德凡的邀請，大家分頭離開。不久之後，德凡和維蒙搭乘私家汽車前往迪耶普。德凡讓維蒙在俱樂部下車，自己前往車站。

德凡的朋友在午夜準時抵達，十二點半時，一行人開著車駛進堤貝曼尼堡的大門。凌晨一點，眾人用過簡單的宵夜之後，便各自告退回房。燈火逐漸熄滅，整個城堡籠罩在沉靜的夜色當中。

* * *

月亮從雲朵間探出頭來，柔和的光線穿過兩扇大窗映入大廳，也照亮了窗臺。然而沒多久，月亮立刻又隱身到山巒的後方，大廳恢復了一片陰暗，寂靜似乎更加深沉。偶有輕聲細響傳來，不知是家具的聲音，或是高牆外，蘆葦在護城河上窸窣作響。

隨著時間流轉，大鐘滴滴答答作響。噹，噹，兩點鐘了。單調的滴答聲在一片寂靜當中持續前進，接著，鐘敲三響。

突然間，黑暗中傳出喀嗒聲，就像是列車行進時，信號燈亮起又熄滅的聲音。微弱的光線穿過大廳，彷彿拖引著一束火花的箭頭。撐住老書櫃頂正面山形裝飾的壁柱，上頭有個凹槽，光束便是由這處凹槽往外照射，先射到正前方的壁板上，映出了圓形的光點，然後猶如一道警覺的目光般，在黑暗中四處游移。接著光束突然消失，但隨著老書櫃緩緩向外旋轉，光線又再度出現。這時，書櫃的後方出現了一個巨大的拱形開口。

有個男人走進大廳，手上拿著一支手電筒。他的身後跟著另外兩個男人，分別抱著一綑繩索和各式工具。第一個男人檢視著大廳，先是側耳傾聽，然後說：「叫大家進來。」

八個健壯結實的小伙子從地道裡走了出來，準備開始搬運。

整個過程十分迅速，亞森·羅蘋在家具間來回走動，根據不同的體積和藝術價值來決定是否留置，或交代屬下：「搬走！」

地道張開大口，吞下一件件家具，然後往外送。

於是乎，六張扶手椅、六張路易十五時代的座椅、奧布頌高級手工地毯、谷堤耶製作的燭臺、法格納和納迪爾的名畫、胡頓雕刻的人像，以及大大小小的雕像全都被搬進了地道裡往外運。羅蘋不時停住腳步，審視精美的大衣櫃和傑出的畫作，然後嘆著氣說：「這件太重……這件太大……可惜啊！」然後再繼續挑選。

四十分鐘之後，羅蘋認為大廳終於「整頓完畢」。搬運的過程井然有序，沒有發出任何聲響，不知情的人會以為這些東西早就以棉布襯妥善包裝待運。走在最後面的屬下手上捧著布勒的畫作，羅蘋對他說：「不必再回來了，聽到了嗎，卡車一裝滿，你們就趕快載著東西到霍克福的倉庫去。」

「老大，那您呢？」

「把摩托車留給我就好。」

這名屬下離開之後，亞森・羅蘋仔細清理搬運了物品之後留下的一團混亂，他擦掉指紋腳印，然後將書櫃推回原來的位置。而後拉開一扇門，走向連接城堡和吉壅塔的走廊——走廊中間的玻璃櫃正是引羅蘋來到城堡的主因。玻璃櫃裡收藏了許多珍貴的手表、鼻煙壺、戒指、珠鍊，還有不少精美細緻的工藝品。他掏出鉗子撬開鎖頭，帶著無比喜悅的心情，把玩這些金銀飾品和精緻的藝術品。

他隨身攜帶了一個用來收納這些額外收穫的特製布袋，除了布袋之外，羅蘋外套、背心和長褲的口袋裡也同樣裝滿了寶藏。正當他用左手拎起一個珍珠提包的時候，聽到了一聲輕響。

他仔細聽，的確有聲音，而且越來越清楚。

他突然想起一件事，走廊盡頭的樓梯可以通到一個房間。德凡午夜裡到車站接來了昂朵夫婦和一名年輕女子，女子就是住進這間本來沒有人居住的房間。

他迅速按熄手電筒的光線。才剛躲到窗簾後面，樓梯上方的門就打了開來，微弱的燈光照進了走廊。

在窗簾的半遮半掩下，他沒辦法清楚看見眼前的景象，但是他感覺到有人輕輕地走下樓來。他暗自希望這個人不要繼續走過來，但是來者下樓後，繼續往走廊前進，還失聲輕呼，顯然是看到了玻璃櫃遭到破壞，裡面的收藏所剩無幾。

羅蘋聞到了香水的味道，知道來者是個女人。她的衣襬輕輕劃過窗簾，他幾乎聽得見她的心跳，同樣的，女人也察覺到陰影中，就在咫尺之外，還有別人……羅蘋心想，「她很害怕，馬上就會離開，她不可能待在這裡。」但是她不但沒有走開，手上的蠟燭也不再顫抖。她轉過身子，猶豫了一會兒，似乎在凝聽令人害怕的死寂，接著，她猛然拉開窗簾。

兩人四目相望。

亞森・羅蘋驚訝地低聲說：「您……您……是妮麗小姐！」

妮麗小姐！他們曾經搭乘同一艘渡輪，在那段難忘的旅程當中，這位女郎帶給了年輕的羅蘋無限的美夢與幻想，當她目睹羅蘋就捕的一幕時，不但沒有背棄他，反而順手將藏有贓物的相機丟到大海裡……妮麗小姐！後來，當羅蘋身陷囹圄時，只要懷想起她的身影，仍然百感交集。

難以捉摸的巧合，讓他們在這個深夜再次在城堡相見，兩個人都無法動彈，也說不出話，站在眼前的人彷彿施展出催眠般的魔法。

妮麗小姐情緒激動，顫抖地坐了下來。

羅蘋站在她的面前，在這似乎永無止境的幾秒鐘之間，他逐漸意識到自己此刻的模樣：手上捧著珠寶，口袋鼓漲，塞滿了贓物的大布袋幾乎就要撐破。他感到無比羞慚，為自己這般當場被撞見的竊盜行徑滿臉通紅。從此之後，他在妮麗眼裡永遠是竊賊，是謀取他人財富的偷兒，是破門而入、趁人不備時下手的搶匪。

一只懷表掉到了地毯上，接著是另一只，他手中的首飾、珠寶、藝品紛紛落下。他突然痛下了決定，把手上的東西放在扶手椅上，並且掏空口袋，倒出袋子裡的所有贓物。

他稍微恢復自持，想要上前和她說話。但是她先是瑟縮了一下，然後突然起身，像是受到極大的驚嚇，急急走向大廳。羅蘋跟在她身後，看到她渾身發抖地站在廳裡，眼睛直盯著空空蕩蕩的室內看。

他立刻說：「明天下午三點鐘，所有的東西都會回到原位……我會把家具都運回來。」

她完全沒有回應，羅蘋接著說：「明天三點，我向您承諾。世上沒有任何事可以阻擋我的承諾……明天，三點鐘……」

兩人都沒有說話，氣氛凝重。他不敢打破沉默，妮麗的反應讓他十分難過。羅蘋一言不發，慢慢地退離她身邊。

他心想，「讓她離開吧！……希望她不要對我心生畏懼……」

妮麗突然顫抖地說：「聽……有腳步聲……我聽到有人走過來……」

他驚訝地看著她。她對於即將出現在面前的危險，似乎同樣感到害怕。

「我沒聽到聲音，」他說：「而且……」

「怎麼可能！快跑……趕快逃……」

「逃？為什麼要逃？」

「聽我的……快逃……別留在這裡……」

她急忙跑向走廊，凝神傾聽。沒有，沒有人，也許聲音是從外面傳進來的。她等了一會兒，稍微安下心，然後轉過身來。

亞森．羅蘋已經不見蹤影。

* * *

德凡一發現城堡遭竊賊光顧，馬上就對自己說：「一定是維蒙，他就是亞森．羅蘋。」這是唯一合理的解釋。但是隨後一想，這個念頭未免荒謬。維蒙怎麼可能不是維蒙？他是知名的畫家，和艾斯特方表哥同是俱樂部的會員。於是當警方接獲報案來到城堡的時候，德凡完全沒想到要把這個荒唐的猜測說出來。

整個上午的時間，堤貝曼尼堡裡人來人往。維持鄉下治安的軍警人員、迪耶普的警察局長，甚至是村裡的居民，全都擁向城堡的走廊和花園。軍團的火砲演習更是為此情此景添加了幾分戲劇效果。

警方的初步調查沒有能找出與竊案相關的線索。門窗都沒有遭到破壞，毫無疑問，竊賊一定是由祕密通道出入，然而地毯上卻又找不到腳印，牆壁也沒有異狀。

大家料想不到的，是那本十六世紀的編年史竟然回到了原來在書櫃上的位置，旁邊擺的另一本古書，正是國家圖書館失竊的另一冊編年史。這著實反映出亞森・羅蘋的怪誕作風。

十一點鐘，德凡興高采烈地迎接應邀前來用餐的軍官，他雖然損失了不少珍貴的收藏品，但是德凡家產雄厚，這點損失還不至於壞了他的興致。他的朋友昂朵夫婦和妮麗小姐也下樓來，準備共進午餐。

德凡向大家介紹剛到的幾位賓客，接著就發現少了一個人：奧瑞斯・維蒙。他怎麼沒有出現？

看到他缺席，喬治．德凡不免開始猜疑。但就在正午十二點鐘的時候，維蒙走進了城堡。德凡說：「早啊，您終於現身了！」

「我不夠準時嗎？」

「您很準時，但是度過刺激萬分的一夜之後，您大可不必出席！您聽說了吧？」

「什麼事？」

「您洗劫了堤貝曼尼堡。」

「別胡說了！」

「事實就是如此。但是，請您先陪伴安德當小姐到餐桌邊……妮麗小姐，請讓我……」

德凡看到妮麗神情緊張，於是停下說到一半的話。接著他突然想到，「對了，說到這裡，聽說您曾經在亞森．羅蘋就捕之前和他搭乘同一艘船……維蒙和他長得真像，很嚇人，是嗎？」

她沒有回答。站在她面前的維蒙露出微笑，點頭致意，讓她挽著他的手臂。他帶妮麗小姐走至她的座位，自己則來到她對面坐下。

用餐時，大家入迷地談論亞森・羅蘋、被偷走的家具、地道，以及福爾摩斯。一直到午餐接近尾聲，大家開始聊起其他話題的時候，維蒙才加入對話。他時而詼諧，時而嚴肅，有時沉思，忽而又滔滔不絕。他所說的話，似乎都是為了取悅年輕的妮麗小姐，但是她沉浸在自己的思緒當中，完全沒聽他說話。

大家隨後來到陽臺上喝咖啡，從這個露天的看臺望過去，可以欣賞到城堡的前庭和正門旁邊的法式庭園。軍團的樂師在草坪上演奏音樂，村民和士兵在花園小徑上漫步。

這時妮麗突然想起亞森・羅蘋的承諾：「三點鐘，所有的東西都會回到原位。」

三點鐘！城堡右翼的大鐘指向兩點四十分。她情不自禁，不時去盯看時間。她同樣注意著維蒙的一舉一動，卻發現他氣定神閒，舒舒服服地坐在搖椅上。

兩點五十分，五十五分……她既煩躁又焦急。城堡和前庭裡全是人，加上檢察官和法官正在進行調查，羅蘋有可能準時達成奇蹟般的任務嗎？

可是……可是亞森・羅蘋嚴肅地說出了他的承諾。她心想，他既然說出口，就一定會做到，這個男人旺盛的精力和自信的態度，已經在她心裡烙下深刻印象。對他來說，他所承諾的事並不是奇蹟，而是無可抗拒的事實。

兩人四目相望，她紅著臉移開視線。

三點了……第一聲鐘聲響起，接著是第二聲、第三聲鐘響。奧瑞斯・維蒙掏出懷表，抬起眼睛看著大鐘對時，然後把懷表放入口袋裡。幾秒鐘的時間過去了，這時草地上的人群突然散開，讓路給兩輛各由雙馬拉進花園的篷車。這兩輛篷車，是跟在軍團後方載運補給物品以及軍官行李、士兵背包的後勤補給車。兩輛馬車來到臺階前方，一名士官從車上跳下來，要求見德凡先生。

德凡快步向前，走下階梯。馬車篷頂下擺的東西，不正是他失竊的家具、畫作和藝品嗎？而且全都包紮妥當。

這名庶務官表示自己奉值星官（負責當週勤務的長官）的命令行事，而值星官則是在今天早晨才接到指示。這紙命令要求第四營第二連將置放在阿爾克林區亞勒路口的物品在下午三點鐘送交堤貝曼尼堡的主人喬治・德凡先生，命令的簽署人是鮑維上校。

「我們一到路口，」士官說：「就看到這些東西整齊地排列在草地上，並且還有行人圍觀。我也覺得蹊蹺，但是我不能違抗命令。」

一名軍官檢視上校的簽名，簽名模仿得維妙維肖，但卻不是上校的親筆字跡。

樂師停止演奏，大家卸下篷車上的東西，以便歸回原位。

在這一陣混亂當中，妮麗單獨留在露天陽臺的角落。她的心情沉重，思緒紊亂，不知該如何看待眼前的騷動。維蒙朝她走了過去，她想趕緊避開，但是陽臺的兩側設有欄杆，後面又有一排濃密的樹叢，她只能面對迎面而來的羅蘋。她一動也不動，陽光穿過樹葉，灑在她的金髮上。他用低沉的聲音說：

「我實現了昨晚的承諾。」

亞森．羅蘋來到她的身邊，他們的四周沒有別人。

「我實現了昨晚的諾言。」他再次開口的時候，語調顯得有些猶豫。

他期待妮麗小姐能夠出聲道謝，或至少肯定他的做法。但是她沒有說話。

妮麗小姐不屑的態度激怒了羅蘋，同時，他也感受到自己與妮麗小姐之間的距離遙不可及，如今，她知道了真相。他想要辯駁，為自己找些藉口，或者展現出自己最大膽、高尚的一面，但是話還沒出口，他就明白多說無益。於是他緬懷起過去，感傷地說：「過去的記憶似乎非常遙遠。您還記得我們在『普羅旺斯號』甲板上共度的時光嗎？瞧，當時您和今天一樣，手上都拿著一朵淺色的玫瑰花……我開口向您要，您當作沒聽見，但是在您離開之後，我卻發現您將玫瑰花遺留下來……大概是忘了拿吧，於是，我保留下那朵玫瑰。」

她還是沒有回答。對他來說，妮麗似乎遠在天邊。他繼續說：「記得美好的時光就好，不要多想您知道了的事。我真希望過去能與現在緊緊相連，希望我不是您昨夜看見的人，而是存在您記憶中的男子。您不願再看我一眼嗎？就算一秒鐘也好……難道我不是同一個人嗎？」

聽到他的請求，她抬起雙眼看著他。她沒說話，指著羅蘋戴在食指上的戒指。他將鑲嵌著璀璨紅寶石的戒面朝掌心反戴，這會兒從正面只能看到戒環。羅蘋漲紅了臉，這是喬治・德凡的戒指。

他露出苦笑。「您做了正確的選擇。人的本性永遠不會改變，亞森・羅蘋永遠是亞森・羅蘋，您和他之間，連回憶都不可能存在……請原諒我……我早就該明白我的出現，是對您的冒犯……」

他摘下帽子，靠向側面的欄杆。妮麗從他面前走過，他想拉住她，懇求她。但是他沒有勇氣，只好和許久之前，在紐約的那天相同，默默看著她離開。她踏上階梯，纖細的背影映在前廳的大理石上。沒多久，妮麗小姐就從羅蘋的眼簾中消失。

一片雲朵遮住了太陽，亞森．羅蘋站在原地，凝視地上纖巧的腳印。突然間，他全身一震，妮麗原來拿在手上的玫瑰，就落在她方才站立的樹叢邊，他剛剛並沒敢開口索花……她一定又忘了拿，是有意，還是無意呢？

他激動地俯身撿起玫瑰。花瓣飄然落下，他一片一片地拾撿起來，把花瓣當作神聖珍貴的寶物……

「走吧，」他自言自語，「這裡沒我的事了。再說，福爾摩斯馬上就到，還是小心為上。」

* * *

花園裡的人已經全都散去，但是在花園入口處的亭子裡還聚集著一群警察。羅蘋鑽進矮樹叢，攀越圍牆，踏上鄉間蜿蜒的小路，只想早點抵達車站。

這條小路越來越窄，兩邊都是斜坡，這時有個人迎面走過來。

這個男人大概五十多歲，體格強壯，臉上的鬍鬚刮得很乾淨，以他的打扮來判斷，他應該是外國人。他手上拿著一根沉重的拐杖，將背包斜揹在身上。

兩個人擦身而過，外國人以略帶英國腔的口音向羅蘋問路：「先生，請問您，這條路通往城堡嗎？」

「先生，往前直走，左邊就是城堡的牆角了。大家都迫不及待，等您大駕光臨呢！」

「是這樣嗎？」

「是的，我的朋友德凡昨晚就對大家宣布了這個消息。」

「德凡先生多言了。」

「我很榮幸，能夠率先見到福爾摩斯先生，我是您最熱情的崇拜者哪。」

羅蘋的語氣中帶著一絲極不明顯的諷刺意味，但是一說出口，他立刻感到後悔。因為福爾摩斯上下打量羅蘋，沒放過任何細節。在這個銳利的眼神下，羅蘋覺得自己似乎無所遁形，這道鉅細靡遺的目光比任何相機都還要精確。

「太遲了，」他心想，「沒必要繼續隱瞞。只是……他認出我了嗎？」

兩人禮貌道別，這時出現一陣夾雜金屬碰撞聲響的馬蹄聲，來的是警察。他們為了讓路，只好貼近斜坡，站在高高草叢裡，警察長長的隊伍從兩人面前通過。在這段不算短的時間裡，羅蘋想，「這得看他有沒有認出我是誰。如果他認出我來，應該不會放掉這個機會，這麼一來，事情可就麻煩了。」

最後一名騎馬的警察終於離開，福爾摩斯站回路面，拍掉衣服上的塵土，什麼話也沒說。荊棘纏住了他背包的帶子，亞森．羅蘋上前幫他解開。兩人再次對望。如果有人看到此時此刻這一幕，一定永生難忘。這兩個本領高強、才智過人，各有不同立場的男人初次會面了，日後，終將成為勢均力敵的對手。

福爾摩斯說：「謝謝您，先生。」

「不必客氣。」羅蘋回答。

兩個人分道揚鑣，羅蘋繼續朝車站走，福爾摩斯走向城堡。

檢察官在初步調查後無功而返，留在城堡裡的人無不好奇等待這位大名鼎鼎的英國偵探到來。當眾人看到福爾摩斯一副中產階級的打扮，對神探的真面目和想像中的差距之大，不免感到失望。他一點也不像是故事中的英雄，和小說中的謎樣人物完全不同。然而德凡還是熱情地迎了上去。

「啊，先生，您終於到了！我們期盼了好久……我不得不感謝這幾天發生的所有事件，因為如此，我才有榮幸見到您本人。您是怎麼來的呢？」

「搭火車。」

「真的！但是我派了車到渡輪碼頭去接您！」

「然後敲鑼打鼓，安排一場正式的歡迎會嗎？這的確會讓我的任務更容易辦了。」福爾摩斯沒有隱藏自己的不悅。

他的語氣讓德凡有些困窘，但是德凡仍然帶笑回答：「幸好，現在您的任務已經比當初我寫信告訴您時來得容易多了。」

「怎麼說？」

「因為，竊案就在昨晚發生了。」

「德凡先生，如果您沒有四處提起我將來訪的事，竊案可能不會在昨晚發生。」

「那會在什麼時候呢？」

「明天，或是其他的日子。」

「這有什麼差別？」

「羅蘋可能會踏入我的陷阱。」

「那麼，我的家具呢？」

「就不會被搬走了。」

「家具全運回城堡裡來了。」

「運回來了？」

「下午三點鐘運回來的。」

「亞森．羅蘋送回來的嗎？」

「兩輛軍用補給馬車送回來的。」

福爾摩斯用力地將帽子戴回頭上，揹上背包。德凡驚呼：「您在做什麼？」

「我要走了。」

「為什麼？」

「您的家具已經運回到城堡裡，亞森・羅蘋也遠走高飛，我的任務結束了。」

「但是，先生，我的確需要您的協助。昨天發生的竊案，以後可能再次發生。因為我們還不知道亞森・羅蘋是怎麼進出城堡的，這才是最重要的關鍵。還有，他為什麼在犯案的幾個小時後，又把東西送了回來。」

「啊，您還不知道……」

福爾摩斯想到還有謎團等待他來破解，態度軟化了些。

「那好，我們就找找看吧！但是要快，而且，不要太多人參與。」

這句話顯然是指在場的賓客，德凡明白了福爾摩斯的意思，便帶著這位貴客走進大廳。福爾摩斯語氣冷硬，簡短地詢問了幾個似乎事先就已經準備好的問題。他問起昨天的晚宴、參加的賓客，以及城堡的常客名單。接著他仔細檢查兩本編年史，比較不同的地道圖，並且要求德凡重述傑利斯神父提到的兩句引述。

「你們在昨天才首次提起這兩句引述嗎？」

「確實是昨天。」

「在此之前，您從來沒向奧瑞斯．維蒙提起這兩句話？」

「從來沒有。」

「好，請安排調度您的汽車。我在一個小時之後就要離開。」

「一個小時！」

「您提出問題之後，亞森．羅蘋也沒有花更多時間來破解。」

「我！……我向他提出問題……」

「沒錯，亞森．羅蘋和奧瑞斯．維蒙是同一個人。」

「我就知道……啊！這個惡劣的傢伙！」

「應該說，昨天晚上十點，您提供了亞森・羅蘋一些他在這幾個星期以來遍尋不獲的線索。昨晚，他在短短的時間裡解開了謎底，集結手下行竊。我不打算花更多時間解謎。」

他在大廳裡來回踱步，一邊思索，然後坐了下來，長腿交疊，雙眼緊閉。

德凡尷尬地等待，心裡一邊想，「他是睡著了，還是在思考？」

德凡讓福爾摩斯留在大廳裡，自己到外面處理事情。當他回到大廳的時候，看到福爾摩斯跪在走廊的樓梯邊檢查地毯。

「有什麼發現？」

「您看，這裡有幾滴蠟油。」

「的確，而且看起來像是剛留下來的痕跡。」

「樓梯上方也有幾滴蠟油，在被羅蘋敲破的玻璃櫃附近還有更多痕跡。他把從玻璃櫃裡拿出來的藝品都放在了扶手椅上。」

「您有什麼推論？」

「沒有。這些線索足以解釋他為什麼會將到手的贓物送回來，但是我沒時間處理這個額外的枝節，我的重點是要找出地道的位置。」

「您希望……」

「不是希望，我確實知道。離城堡大約兩三百公尺的地方，是不是有一座小教堂？」

「那座教堂只剩下廢墟，羅蘭公爵就埋在那裡。」

「請派您的司機去教堂旁邊等我們。」

「我的司機還沒有回來……如果回來，會有人告訴我的。您認為地道可以通到小教堂嗎，根據什麼線索……」

福爾摩斯打斷他的話。「麻煩您，德凡先生，請您幫我找個梯子，還要一支手電筒。」

「啊？您需要梯子和手電筒？」

「如果不需要，我何必向您開口。」

德凡頓時說不出話來，按下叫人鈴。佣人很快地將這兩件東西送過來。

接下來，福爾摩斯說出一串彷彿軍令的指示：「請將梯子靠在書櫃上，放在『提貝曼尼』這幾個字的左邊……」

德凡搬動梯子，福爾摩斯繼續說：「靠左一點……向右……停！好，現在請您爬上去……這幾個字都是浮雕的，對嗎？」

「是的。」

「我們從『H』這個字母開始。這個字母可以向左或向右旋轉嗎？」

德凡扭動字母，驚呼：「可以轉！可以向右轉四分之一圈！是誰告訴您……」

福爾摩斯沒有回答，繼續說：「從您現在所站的位置，可以碰到『R』嗎？好……用扣拉門栓的方式拉動這個字母。」

德凡拉動「R」，驚訝地發現自己喀嗒一聲啟動了裡面的機關。

「好極了！」福爾摩斯說：「我們現在把梯子移到書櫃的另外一端，也就是『堤貝曼尼』這幾個字的右側。好，現在呢，假如我沒猜錯，『L』這個字母應該可以打開。」

德凡戒慎恐懼地握住「L」，這個字母即往外打開，但是德凡卻從梯子上滾了下來。大書櫃的中間部分，也就是『堤貝曼尼』這幾個字下方的櫃子，整個往外旋轉打開，後面出現了地道的入口。

「您沒受傷吧？」

「沒事，沒事，」德凡站起身子，「沒受傷，但倒是嚇了一跳，真沒想到……這些字竟然可以打開地道的出入口！」

「可不是嗎，完全吻合蘇利留下來的那句話。」

「怎麼說？」

「天哪！『H』旋轉（字母的發音與斧頭 hache 雷同），拉動『R』（發音與空氣 air 雷同），一旦展『L』（發音與翅膀 l'aile 相近），亨利四世就可以和美麗的露易絲・坦卡維女士私會了。」

「那麼路易十六的字條怎麼解釋？」德凡吃驚地問。

「路易十六是個技術高超的鐵匠兼鎖匠。我讀過一篇有關密碼鎖的文章，據傳就是他的著作。堤貝曼尼是路易十六的家臣，一心想將這個傑出的機械設計展現給國王觀賞。為了方便記憶，路易十六寫下二――六――十二，分別代表『堤貝曼尼』（Thibermesnil）的第二、第六和第十二個字母：『H』、『R』，以及『L』。」

「真精采，我懂了……只是，我們知道怎麼從大廳這側開啓地道，但可別忘了，羅蘋是從城堡外潛進大廳的，這又該如何解釋？」

福爾摩斯打開手電筒，往地道裡走了幾步。

「您瞧，這個機關設計就和大鐘的機制一樣，從背後可以看到字母的反面。羅蘋只需要從這裡操作，就可以打開地道的出入口。」

「您有什麼證據？」

「證據？看看這灘機油。羅蘋設想周到，先用機油潤滑久未啟動的裝置。」福爾摩斯的語氣中帶有一絲欽佩。

「他怎麼知道另一邊出口在哪裡？」

「和我一樣。請跟我來。」

「要進地道？」

「您會害怕嗎？」

「不，但是您確定您找得到路？」

「就算閉著眼睛也能找到。」

他們先往下走十二級階梯，再走十二級，接著又往下走了兩次十二級階梯。兩人進入一條長走廊，看得出磚砌的牆壁經過幾度修繕，有些地方有漏水的痕跡，地面也十分潮濕。

「我們現在來到了護城河下面。」德凡有些擔心。

走廊的另一端也有四段十二級階梯，他們吃力地往上爬，終於進到一處小石穴，這個地方就是地道的盡頭。

「該死，」福爾摩斯低聲說：「只看到光禿禿的牆面，真讓人生氣。」

「我們往回走吧，」德凡說：「這樣就夠了，不需要繼續找下去。」

這時福爾摩斯抬起頭，放心地嘆了一口氣。在兩個人的頭頂上方有個相同的開鎖機關。他依照原來的方式轉動字母，一大塊花崗石開始轉動。地道的另一側是羅蘭公爵的墓碑，上面一樣雕刻著「堤貝曼尼」。走出地道之後，他們果然來到福爾摩斯先前所提到的教堂廢墟。

「我們果然『直達天主』，也就是說，來到了教堂。」福爾摩斯唸出最後一句話。

「怎麼可能，」德凡對福爾摩斯的精準判斷大感讚嘆，「短短的幾句話就讓您破解了這個祕密？」

「嗯，」福爾摩斯說：「其實原來沒這個必要。在國家圖書館那本編年史的地圖上，地道的左邊畫了一個圓圈，這您也曉得。您所不知道的，是地道的右側終點本來畫了個十字架，只是到現在已經變得很模糊了，除非用放大鏡，否則看不到。十字架所代表的當然是我們現時所在的位置，這個小教堂。」

德凡簡直無法相信福爾摩斯的這番話。

「不可思議，卻像兒戲一樣簡單！為什麼從來沒有人想到？」

「因為除了亞森．羅蘋和我之外，過去從來沒有人把這幾個線索串連在一起，包括這兩本編年史，和兩句引述。」

「但是我沒想到，」德凡抗議，「傑利斯神父也一樣沒想到。我們和你們兩個人知道的一樣多，但是卻……」

福爾摩斯笑了起來。「德凡先生，不是每個人都能解謎。」

「但是我花了十年的時間，而您在短短的十分鐘之內……」

「哎，習慣使然……」

他們走出教堂，福爾摩斯說：「看，有輛車在等我們！」

「是我的車子！」

「您的車？我以為您的司機還沒回來。」

「確實是這樣，我也不明白……」

兩人往前走向車邊，德凡問司機：「愛德華，是誰要你過來接我們？」

司機回答：「啊，是維蒙先生。」

「維蒙先生？你碰到他了嗎？」

「在車站附近碰到的。他要我到教堂來。」

「要你到教堂來？為什麼？」

「來等您，還有您的朋友。」

德凡和福爾摩斯互望了一眼。德凡說：「他知道這個祕密對您來說，不過是雕蟲小技罷了。他還真有心。」

名偵探福爾摩斯薄薄的嘴角露出了愉快的笑容，他樂於接受讚美。他搖著頭說：「有氣魄！一看到他，我就知道了。」

「您見過他？」

「我們剛剛在小路上擦身而過。」

「您當時就知道他是奧瑞斯．維蒙，不，我是說亞森．羅蘋？」

「剛開始不曉得，但是要不了多久就猜了出來……從他嘲諷的語氣裡聽出來的。」

「您讓他跑了？」

「是啊，而且我還佔了上風……當時剛好有五名騎警路過。」

「天哪！這可是絕無僅有的良機！」

「正因為如此，」福爾摩斯自豪地說：「我福爾摩斯碰到亞森．羅蘋這樣的對手，絕對不會落井下石，而是製造機會。」

時間不早了，既然羅蘋派了汽車過來，不如接受他的美意。德凡和福爾摩斯坐上汽車，愛德華發動引擎，一行人駛向渡輪碼頭，沿途經過田園美景，樹叢和果林，諾曼第的科區一帶優雅的景致展現在他們面前。德凡突然發現置物箱裡有個小包裹。

「這是什麼東西？包裹嗎？給誰的呢？啊，是給您的。」

「給我的？」

「您看，『致福爾摩斯先生，亞森・羅蘋謹上』。」

福爾摩斯拿起包裹，拆開兩層包裝紙之後，看到一只表。

「呀！」他驚呼一聲，憤怒地比畫起手勢來。

「表？」德凡說：「會不會是……」

福爾摩斯沒有應答。

「怎麼，是您的表！亞森・羅蘋把您的表還了回來！這表示他在稍早時偷走您的表……他偷了您的表！哈！太精采了！羅蘋偷了福爾摩斯的表！天哪，真好笑。啊，不，請您原諒，但是我實在忍不住……」

一陣大笑之後，德凡佩服地說：「啊，的確有氣魄！」

福爾摩斯靜靜地坐在車上，在車子到達迪耶普之前，他一句話也沒說，雙眼緊盯著遠方看——這種沉默，比爆發的狂怒更駭人，更難以捉摸。到了渡輪碼頭之後，他心平氣和地開口道（儘管如此，德凡依然聽得出這位名偵探語氣中的意志力和內蘊的力量）。

「是的，他的確有氣魄，但是有朝一日，我一定會親手逮捕他。我相信亞森．羅蘋和福爾摩斯一定會再度交手。世界不大，我們絕對遇得到……走著瞧吧……」

國家圖書館出版品預行編目資料

怪盜紳士：亞森．羅蘋／莫里斯．盧布朗（Maurice Leblanc）著；蘇瑩文譯
——初版——臺中市：好讀出版有限公司，2022.10
面；　公分——（好好讀；01）
注音版
譯自：Arsène Lupin, gentleman-cambrioleur

ISBN 978-986-178-621-6（平裝）

876.596　　111013185

好讀出版

好好讀 01

怪盜紳士：亞森．羅蘋（注音版）

填寫線上讀者回函
請掃描 QRCODE

原　　著／莫里斯．盧布朗
譯　　者／蘇瑩文
總 編 輯／鄧茵茵
文字編輯／簡綺淇、林碧瑩
美術編輯／王廷芬、許志忠
行銷企劃／劉恩綺

發行所／好讀出版有限公司
407 台中市西屯區工業區 30 路 1 號
407 台中市西屯區大有街 13 號（編輯部）
TEL:04-23157795　FAX:04-23144188　http://howdo.morningstar.com.tw
（如對本書編輯或內容有意見，請來電或上網告訴我們）
法律顧問／陳思成律師

總經銷／知己圖書股份有限公司
106 台北市大安區辛亥路一段 30 號 9 樓
TEL：02-23672044　02-23672047　FAX：02-23635741
407 台中市西屯區工業 30 路 1 號
TEL：04-23595819 FAX：04-23595493

電子信箱／ service@morningstar.com.tw
網路書店／ http://www.morningstar.com.tw
讀者專線／ 04-23595819 # 212
郵政劃撥／ 15060393（戶名：知己圖書股份有限公司）

印刷／上好印刷股份有限公司
初版／西元 2022 年 10 月 15 日
定價／ 230 元
如有破損或裝訂錯誤，請寄回 407 台中市西屯區工業區 30 路 1 號更換（好讀倉儲部收）

Published by How Do Publishing Co., Ltd.
2022 Printed in Taiwan

ISBN 978-986-178-621-6

PIERRE LAFITTE & Cie, Editeurs
Les Aventures Extraordinaires d'Arsène Lupin
51e Edition
Arsène Lupin contre Herlock Sholmès
MAURICE LEBLANC

ARSÈNE
LUPIN
By
MAURICE
LEBLANC

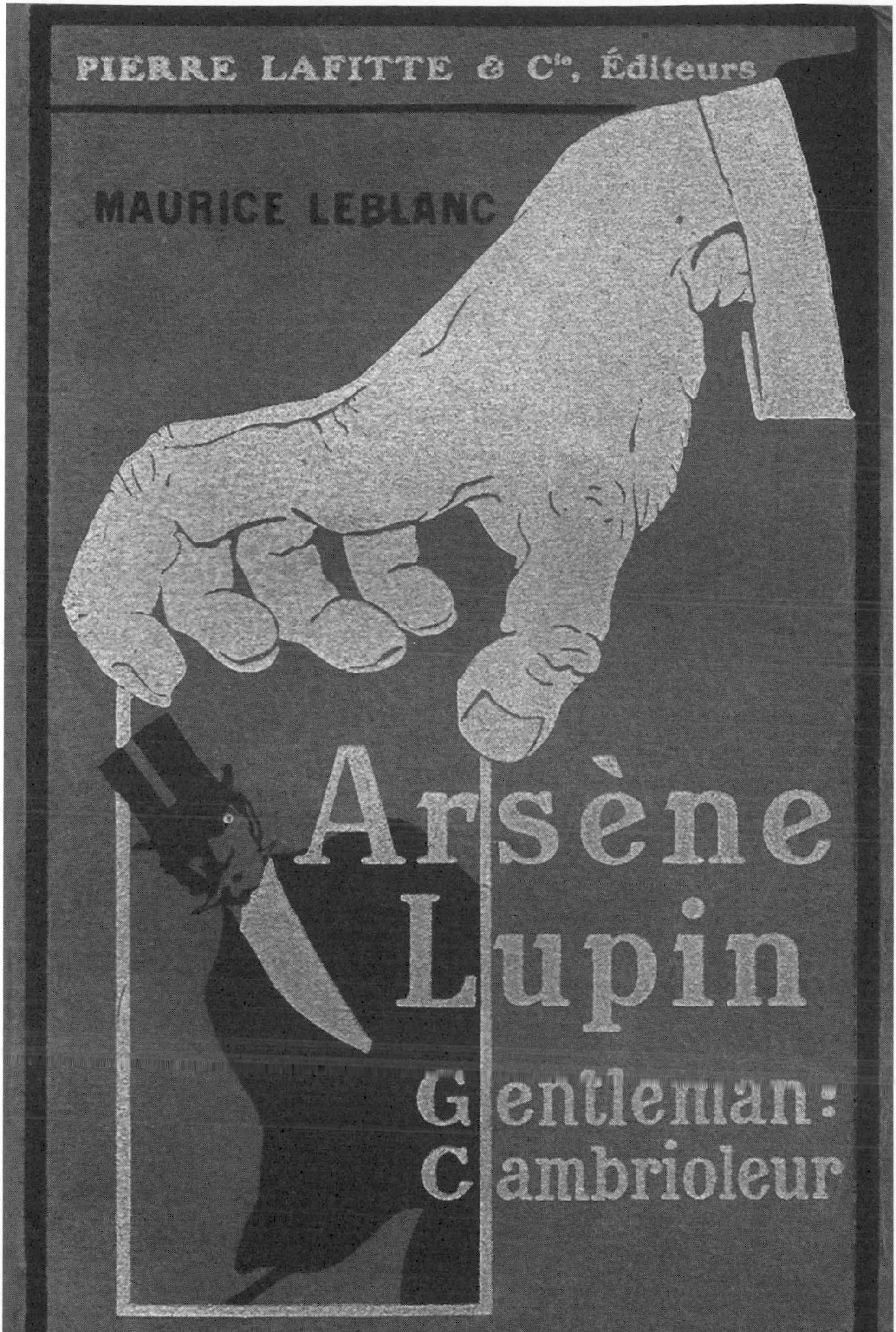
PIERRE LAFITTE & Cie, Éditeurs
MAURICE LEBLANC
Arsène
Lupin
Gentleman:
Cambrioleur